Nº 00021
ANTO
FÁGICA
1841
JUL 21
12AM
21
0008
××

TRÊS
CONTOS
DE

Edgar Allan Poe

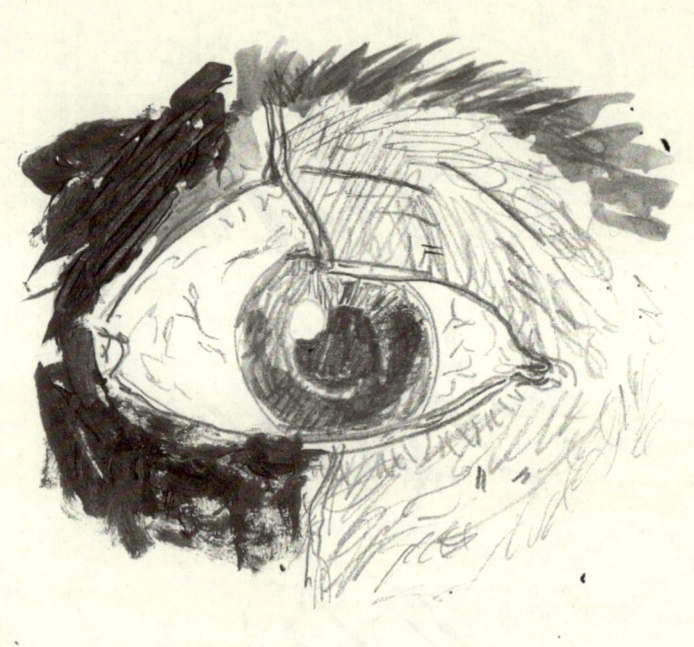

TRADUZIDO POR

Isadora Prospero

& ILUSTRADO POR

Fernanda Aguil

COORDENAÇÃO EDITORIAL .... Milena Vargas
EDITORIAL .... Roberto Jannarelli
.... Victoria Rebello
COMUNICAÇÃO .... Mayra Medeiros
.... Pedro Fracchetta
PREPARAÇÃO ...... Érika Nogueira Vieira
REVISÃO .... Liciane Corrêa
.... Milena Moraes
CAPA E PROJETO GRÁFICO ... Giovanna Cianelli
DIAGRAMAÇÃO .... Desenho Editorial

Textos de

ADRIANA CECCHI
ALBERTO MUSSA
BRUNO PAES MANSO
DAISE LILIAN

Também foram investigados pelo crime:

Monsieur Daniel Lameira
Madame Luciana Fracchetta
Monsieur Rafael Drummond

Monsieur Sergio Drummond

OS ASSASSINATOS NA RUA MORGUE

O MISTÉRIO DE MARIE ROGÊT

A CARTA ROUBADA

ANTOFÁGICA

APRESENTAÇÃO

POR ADRIANA CECCHI

Uma das minhas palavras favoritas da língua portuguesa é "soturno", e a memória de como a conheci está diretamente associada ao primeiro contato que tive, aos catorze anos, com Edgar Allan Poe. Era um livro todo surrado, coitado, com páginas envelhecidas, mas cujo conteúdo — um punhado de textos que infundiam da angústia ao pavor — nunca mais sairia de meus pensamentos.

Dono de uma alma inquieta, Poe estreitou como ninguém a relação entre o melancólico e o sombrio, entre o misterioso, o macabro e o curioso. E a curiosidade, na maioria das vezes mórbida, é uma peça presente em todas as suas histórias e personagens. Não poderia ser diferente nos três contos que você lerá nesta bela edição: escritos entre 1841 e 1844, aqui estão todos os contos protagonizados pelo peculiar Monsieur C. Auguste Dupin, o primeiro detetive da ficção.

De Sherlock Holmes e Watson (Arthur Conan Doyle) a James Bond (Ian Fleming); de Hercule Poirot (Agatha Christie) a Fox Mulder e Dana Scully (Chris Carter); de

APRESENTAÇÃO

Guilherme de Baskerville (Umberto Eco) a Jessica Jones (Brian Michael Bendis e Michael Gaydos), não faltam exemplos de personagens e enredos na literatura, na TV e no cinema que se inspirem no universo detetivesco criado por Edgar Allan Poe.

Crime, teorização, investigação, solução do mistério e restauração da ordem: todos os elementos característicos do gênero policial presentes até hoje remontam particularidades desenvolvidas em "Os assassinatos na rua Morgue", "O mistério de Marie Rogêt" e "A carta roubada". No entanto, as novas histórias nem sempre carregam o mesmo toque especial de horror e absoluto caos que Poe foi capaz de nos proporcionar.

Dupin é um detetive que não é oficialmente detetive. Suas contribuições nas investigações são fruto de curiosidade e interesse próprios, aliados a uma notável habilidade analítica, lógica e racional para decifrar enigmas, sejam eles um crime brutal envolvendo mãe e filha e toda a vizinhança da rua Morgue; o misterioso e especulativo desaparecimento de uma jovem chamada Marie Rogêt; ou então o roubo de uma carta de conteúdo comprometedor em que a vítima já sabe quem é o ladrão.

Os enigmas e as tensões articulados por Poe conquistaram a imaginação popular, tornando-se parte fundamental de uma experiência que, ao substituir medos cotidianos por outros, fictícios, e oferecer ao leitor anestesia à realidade através de sua linguagem, foi capaz de atravessar épocas.

Nada do que eu disser fará jus a toda a astúcia, excentricidade e imaginação de Poe (e Dupin!) nas histórias a seguir. Ao expor os casos e processos de observação de forma minuciosa, ele nos leva a acompanhar com impaciência as estratégias de investigação e as buscas incessantes (e genuinamente criativas) do detetive por uma conclusão, sem deixar de lado seu potencial dialético de induzir e intrigar um pouco mais a cada instante.

Se me permitir um conselho: deixe Dupin pegar você pela mão e conduzi-lo pelo mistério, será impossível sair ileso.

ADRIANA CECCHI tem formação em Audiovisual, é redatora e uma das autoras do livro *Canções do caos: vozes brasileiras*. A paixão por cinema, literatura e caos foi fundamental na criação do Redatora de M*%$#, plataforma multimídia de conteúdo.

Qual canção cantaram as sereias, ou qual nome adotou Aquiles quando se escondeu entre mulheres, embora sejam questões enigmáticas, não estão além de toda conjectura.
                            Sir Thomas Browne

OS ASSASSINATOS NA RUA MORGUE

 s atributos mentais considerados analíticos são, em si, pouco suscetíveis a análise. Nós os apreciamos apenas em seus efeitos. Sabemos, entre outras coisas, que eles são sempre, para quem os possui — quando possuídos em grande medida —, fonte do mais intenso prazer. Assim como o homem forte regozija-se em sua habilidade física, deliciando-se com exercícios que põem seus músculos em ação, também se apraz o analista naquela atividade moral do *desenredar*. Ao empregar seu talento, tira prazer até das mais triviais ocupações. É fã de enigmas, charadas, hieróglifos; e exibe nas soluções tal nível de *argúcia* que, à apreensão comum, parece sobrenatural. Seus resultados, obtidos pela própria alma e essência do método, têm, na realidade, todo um ar de intuição.

A capacidade de (re)solução é possivelmente muito reforçada pelo estudo matemático, e em especial por seu ramo mais elevado, o qual, injustamente, e apenas em função de suas operações retrógradas, tem sido chamado, como que *par excellence*, de análise. Entretanto, calcular não é analisar. Um enxadrista, por exemplo, realiza uma ação sem lançar mão da outra. Resulta que o jogo de xadrez, em seus efeitos sobre o caráter mental, é amplamente incompreendido. Não estou aqui escrevendo um tratado, apenas prefaciando uma narrativa um tanto peculiar com observações bastante aleatórias; aproveitarei, portanto, a ocasião para afirmar que os poderes mais elevados do intelecto reflexivo são empregados com mais decisão e aproveitamento pelo singelo jogo de damas do que por toda a frivolidade elaborada do xadrez. Neste último, no qual as peças realizam movimentos diferentes e *bizarros*, com valores diversos e variáveis, aquilo que é tão somente complexo passa a ser confundido (um erro nada incomum) com profundo. A *atenção* entra em jogo com força. Basta um instante de hesitação para se cometer um deslize que acarreta prejuízo ou derrota. Como os movimentos possíveis são não apenas numerosos como também complexos, as chances de tais deslizes são multiplicadas; e em nove de dez casos é o jogador mais concentrado, não o mais arguto, que sai vitorioso. Nas damas, ao contrário, em que os movimentos são *únicos* e apresentam pouca variação, as chances de descuido são menores e, em comparação, como a mera atenção praticamente não é empregada, as vantagens obtidas por qualquer uma das partes ocorrem por *argúcia* superior. Para ser menos abstrato, imaginemos um jogo de damas em que restem quatro Damas e no qual, é claro, não se preveja nenhum descuido. É óbvio que aqui a vitória pode ser decidida (considerando-se que os jogadores sejam páreos) apenas por algum movimento *recherché*[1], resultante de grande empenho do intelecto. Privado de recursos ordinários, quem analisa se lança no espírito do oponente, identifica-se com ele e, não raro, enxerga assim, com um só olhar, os únicos métodos (às vezes, de fato, absurdamente

---

1 Do francês, "refinado, raro, pretensioso". [N. de T.]

simples) por meio dos quais pode induzi-lo à falha ou fazê-lo cometer um erro de cálculo.

Há muito se percebe a influência do uíste² no chamado poder de cálculo; e homens da mais alta ordem de intelecto são conhecidos por extrair dele um deleite aparentemente inexplicável, enquanto desdenham do xadrez, por considerá-lo frívolo. O melhor enxadrista da Cristandade *talvez* seja pouco mais do que o melhor jogador de xadrez; já a proficiência no uíste implica capacidade de sucesso em todos os

---

2 Jogo de cartas muito difundido nos séculos XVIII e XIX, disputado com um baralho de 52 cartas que é dividido entre quatro jogadores em duas duplas. [N. de T.]

empreendimentos de grande importância nos quais uma mente enfrenta outra. Por proficiência, refiro-me àquela perfeição no jogo que inclui uma compreensão de *todas* as fontes das quais uma vantagem legítima pode ser obtida. Essas são não apenas múltiplas, mas também multiformes, e costumam encontrar-se entre recessos do pensamento de todo inacessíveis ao entendimento comum. Observar atentamente é recordar distintamente; e, até então, o enxadrista concentrado se daria muito bem no uíste; enquanto as regras de Hoyle[3] (elas próprias baseadas no mero mecanismo do jogo) são bastante compreensíveis de modo geral. Assim, ter boa memória e proceder "à risca" são características comumente encaradas como as qualidades do jogador hábil. Mas é em questões além dos limites da mera regra que a perícia de quem analisa se evidencia. Ele faz, em silêncio, uma série de observações e inferências. Seus companheiros talvez as façam também; e a diferença no alcance das informações obtidas jaz não tanto na validade da inferência, mas na qualidade da observação. O saber necessário é *o que* observar. Nosso jogador não se limita em absoluto; nem rejeita deduções de elementos externos ao jogo só porque o jogo é o objeto. Ele examina o semblante de seu parceiro, comparando-o com cuidado ao de cada um de seus oponentes. Considera o modo de organizar as cartas em cada mão; com

---

3 Edmond Hoyle (1672-1769), autor britânico, foi pioneiro na sistematização das regras do uíste. Sua primeira obra, de 1742, foi *Short Treatise on the Game of Whist* (Breve tratado sobre o jogo de uíste), que foi seguida por publicações sobre outros jogos. [N. de T.]

frequência, contando trunfo a trunfo, e carta alta por carta alta, através dos olhares que os jogadores lançam a cada carta. Observa cada variação no rosto dos jogadores conforme o jogo avança, tirando suas conclusões a partir das diferenças entre as expressões de certeza, surpresa, triunfo ou decepção. Pelo modo como alguém reage a um blefe, julga se a pessoa poderá revidá-lo na sequência. Reconhece um logro pelo modo como a carta é jogada na mesa. Uma palavra casual ou inadvertida; o derrubar ou virar acidental de uma carta, acompanhados pela ansiedade ou displicência ao escondê-la; a contagem dos pontos de cada rodada e a disposição das cartas; o embaraço, a hesitação, a avidez ou o alvoroço — todos oferecem, a sua percepção aparentemente intuitiva, indicações do real estado da situação. Após duas ou três rodadas, ele conhece perfeitamente a mão de cada jogador e então baixa suas cartas com precisão absoluta, como se os demais jogadores tivessem as mãos voltadas para ele.

O poder analítico não deve ser confundido com a engenhosidade de modo geral; pois, enquanto o analista é necessariamente engenhoso, o homem engenhoso costuma ser notavelmente incapaz de analisar. O poder construtivo ou combinatório, pelo qual a engenhosidade geralmente se manifesta, e ao qual os frenologistas[4] (acredito que erroneamente) atribuíram um órgão separado, supondo-o uma

---

4 Frenologia é a pseudociência segundo a qual o estudo da forma e das protuberâncias do crânio podem indicar o caráter ou as faculdades mentais de um indivíduo. Foi influente no século XIX, mas mesmo na época já era questionada. [N. de T.]

faculdade primitiva, tem sido visto com tanta frequência naqueles cujo intelecto beira a estupidez que chegou a atrair a atenção geral de escritores que se dedicam à moralidade. Entre a engenhosidade e a habilidade analítica existe uma diferença muito maior, de fato, do que aquela entre a fantasia e a imaginação, mas de um caráter estritamente análogo. Na realidade, se descobrirá que os engenhosos são sempre fantasiosos, e os *verdadeiramente* imaginativos nunca deixam de ser analíticos.

A narrativa que segue parecerá ao leitor um comentário sobre as proposições precedentes.

Quando residi em Paris, durante a primavera e parte do verão de 18–, conheci um certo Monsieur C. Auguste Dupin. Esse jovem cavalheiro vinha de uma família excelente — de fato ilustre —, porém, devido a uma série de adversidades, fora reduzido a tal estado de pobreza que a força de seu caráter sucumbira e ele perdera a motivação e cessara de se importar com a recuperação de sua fortuna. Por cortesia de seus credores, ainda restava em sua posse uma parte ínfima do patrimônio; e, com a renda que tirava dela, e graças a uma economia rigorosa, era capaz de garantir o necessário para a vida, sem procurar quaisquer excessos. Livros, na verdade, constituíam seu único luxo, e em Paris são facilmente adquiridos.

Nosso primeiro encontro foi em uma biblioteca pouco frequentada na rua Montmartre, onde a casualidade de ambos estarmos em busca do mesmo volume, muito raro e extraordinário, propiciou nossa aproximação. Passamos a

nos encontrar com frequência. Interessei-me profundamente
pela breve história familiar que ele me detalhou com toda
aquela candura com a qual um francês se deixa levar quando
o tema é si mesmo. Fiquei pasmo, também, com a vasta
gama de suas leituras; e, sobretudo, senti minha
alma inflamar-se no peito com o vigor indomável e o frescor vívido de sua imaginação. Dado que eu buscava atingir
certos objetivos em Paris, senti
que a companhia de um ho-
mem como ele seria para
mim um tesouro
inestimável; e
lhe revelei
o

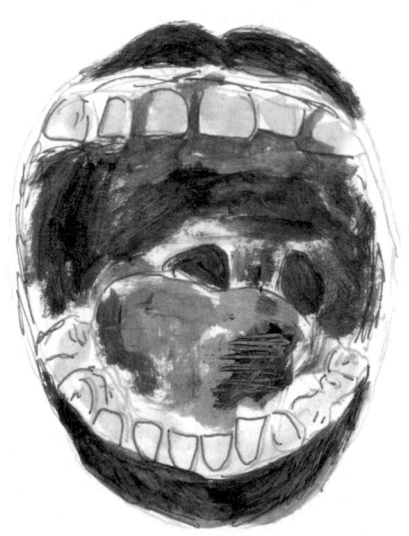

sentimento com franqueza. Por fim, foi decidido que moraríamos juntos durante minha estada na cidade; e como minhas circunstâncias financeiras eram um tanto menos complicadas do que as dele, ficaram a meu encargo o aluguel e a mobília, em um estilo adequado à melancolia um tanto fantástica de nosso temperamento comum, de uma mansão grotesca e carcomida pelo tempo, abandonada havia muito devido a superstições sobre as quais não indagamos, que se equilibrava sobre as fundações em uma área erma e afastada do Faubourg St. Germain.

Caso nossa rotina nesse lugar fosse de conhecimento geral, teríamos sido considerados loucos — embora, talvez, loucos de uma natureza inofensiva. Nossa reclusão era completa. Não recebíamos visitas. De fato, o local de nosso retiro tinha sido cuidadosamente mantido em segredo de meus antigos companheiros; e fazia muitos anos que Dupin deixara de ver ou ser visto em Paris. Vivíamos apenas para nós mesmos.

Meu amigo tinha a excentricidade (de que outra forma poderia chamá-la?) de se enamorar da noite por si mesma; e nessa *bizarrerie*[5], como em todas as outras, eu o segui sem resistência, cedendo a seus estranhos caprichos com perfeito abandono. A escura divindade não estava sempre conosco, mas podíamos falsificar sua presença. Ao raiar da aurora, fechávamos todos os postigos desalinhados da casa antiga; acendíamos algumas velas que,

---

5 Do francês, "peculiaridade". [N. de T.]

apesar do forte perfume, projetavam apenas a mais fraca e fantasmagórica luz. Com a ajuda dessas medidas, ocupávamos nossas almas com sonhos — ler, escrever ou conversar, até sermos avisados pelo relógio do advento da verdadeira Escuridão. Então saíamos às ruas de braços dados, dando continuidade às discussões do dia ou vagando por longas distâncias até tarde da noite, buscando, entre as luzes e sombras irrequietas da cidade populosa, aquela miríade de excitações mentais que a observação silenciosa pode proporcionar.

Em tais momentos, eu não podia deixar de notar e admirar (embora, dada sua rica imaginação, eu já esperasse) uma habilidade analítica peculiar em Dupin. Ele também parecia extrair enorme deleite neste exercício — se não exatamente em sua exibição — e não hesitava em confessar seu prazer. Gostava de dizer, com uma risada baixa, que a maioria dos homens, em comparação a ele, tinha janelas no peito e tendia a seguir tais declarações com provas diretas e muito alarmantes de seu conhecimento íntimo a meu respeito. Seus modos nesses momentos eram frígidos e abstratos; seus olhos tinham expressão vazia; e sua voz, geralmente de um tenor rico, erguia-se num soprano que soaria petulante não fosse a enunciação distinta e deliberada. Ao observá-lo nesse

ânimo, eu costumava meditar sobre a antiga filosofia da Alma Bipartida,[6] e me divertia com a imagem de um duplo de Dupin — o criativo e o racional.

Que não se suponha, pelo que acabei de dizer, que detalho qualquer mistério ou que componho um romance. O que descrevi sobre o francês foi simplesmente o resultado de uma inteligência excitada ou, talvez, doentia. Mas será mais fácil transmitir a natureza de suas observações nos períodos em questão por meio de um exemplo.

Certa noite, passeávamos por uma rua longa e suja nos arredores do Palais Royal. Como estávamos os dois aparentemente ocupados com os próprios pensamentos, ninguém dizia uma sílaba havia pelo menos quinze minutos. De repente, Dupin quebrou o silêncio com as seguintes palavras:

— Ele é um sujeito baixinho, é verdade, e se daria melhor no *Théâtre des Variétés*.

— Sem dúvida alguma — respondi distraído, sem notar a princípio (de tal modo estava absorvido em minhas reflexões) a forma extraordinária como o interlocutor havia

---

6 Segundo Stephanie Craghill na tese *The Influence of Duality and Poe's Notion of the 'Bi-Part Soul' on the Genesis of Detective Fiction in the Nineteenth-Century* (2010), muitas teorias foram propostas sobre a "filosofia da alma bipartida" mencionada por Dupin, e não há consenso entre os acadêmicos sobre seu significado. Para a pesquisadora, sua origem pode estar na teoria de Aristóteles (384-322 a.C.) de que a alma possui duas partes, a racional e a irracional. O componente racional conteria as "virtudes intelectuais" (análise, raciocínio, dedução, inferência, indução, ciência e investigação ou cálculo) e a irracional seria responsável por "virtudes ou vícios morais" (luxúria, raiva, medo, orgulho da força, inveja, júbilo, afeto, entre outros). [N. de T.]

irrompido em minhas meditações. Após um momento, eu me recuperei e fiquei profundamente espantado.

— Dupin — falei bastante sério —, isso está além da minha compreensão. Não hesito em dizer que estou pasmo e mal consigo acreditar em meus sentidos. Como é possível você saber que eu estava pensando em...? — Aqui fiz uma pausa, para confirmar sem sombra de dúvida se ele realmente sabia em quem eu pensava.

— Em Chantilly — completou ele. — Por que parou? Você estava ruminando que a estatura diminuta dele o torna inadequado para a tragédia.

Esse era precisamente o objeto de minhas reflexões. Chantilly era um ex-sapateiro da rua St. Denis, que, tomado da paixão pelo teatro, havia tentado interpretar o *rôle*[7] de Xerxes, na tragédia homônima de Crébillon, e fora notavelmente ridicularizado por seus esforços.

— Pelo amor de Deus — exclamei —, conte-me o método, se é que há um, pelo qual foi capaz de sondar minha alma nessa questão. — A verdade era que eu me encontrava ainda mais atônito do que estava disposto a expressar.

— Foi o vendedor de frutas — respondeu meu amigo — que o fez concluir que o remendador de solas não tem altura suficiente para Xerxes *et id genus omne.*[8]

— O vendedor de frutas! Você me surpreende. Não conheço nenhum vendedor de frutas.

---

7 Do francês, "papel". [N. de T.]
8 Do latim, "e coisas do gênero". [N. de T.]

— O homem com quem topou quando viramos a esquina, há uns quinze minutos.

Então lembrei que, de fato, um vendedor de frutas, que levava no alto da cabeça um grande cesto de maçãs, quase me derrubara por acidente quando viramos da rua C. para a via na qual estávamos; mas o que isso tinha a ver com Chantilly eu não conseguia entender.

Não havia sequer o menor traço de *charlatanerie*[9] em Dupin.

— Vou explicar — disse ele —, e, para que compreenda tudo com clareza, primeiro vamos retraçar o percurso de suas meditações, do momento em que falei com você até o *rencontre*[10] com o vendedor de frutas em questão. Os elos maiores da cadeia são os seguintes: Chantilly, Órion, dr. Nichols, Epicuro, estereotomia, as pedras da rua, o vendedor de frutas.

São poucas as pessoas que, em algum período da vida, não se divertiram tentando recordar os passos que as levaram a certas conclusões na própria mente. A atividade costuma ser muito interessante, e aquele que a empreende pela primeira vez se impressiona com a distância e a incoerência aparentemente ilimitáveis entre o ponto inicial e o final. Qual, então, não foi o meu espanto quando ouvi o francês dizer o que acabara de dizer e quando fui obrigado a reconhecer que ele tinha falado a verdade. Meu amigo continuou:

---

9 Do francês, "charlatanismo", isto é, má-fé. [N. de T.]
10 Do francês, "encontro". [N. de T.]

— Estávamos falando de cavalos, se me lembro bem, logo antes de sairmos da rua C. Foi nosso último tópico de discussão. Quando entramos nessa rua, um vendedor de frutas, que levava um grande cesto na cabeça, passou apressado por nós e o empurrou sobre uma pilha de paralelepípedos reunidos em um trecho onde a calçada está passando por reparos. Você pisou em um desses fragmentos soltos, escorregou, torceu de leve o tornozelo, pareceu aborrecido ou irritado, resmungou algumas palavras, virou-se para olhar a pilha de pedras e então prosseguiu em silêncio. Eu não estava particularmente atento ao que você fazia; mas a observação tornou-se para mim, nos últimos tempos, uma espécie de necessidade.

"Você manteve os olhos fixos no chão, relanceando, com expressão petulante, os buracos e sulcos na calçada (vi assim que ainda pensava nas pedras) até atingirmos aquele beco chamado Lamartine, que foi pavimentado, a título de experimento, com os blocos sobrepostos e rebitados. Ali sua expressão desanuviou, e, ao perceber que seus lábios se moviam, eu não tive dúvida de que murmurara a palavra 'estereotomia', um termo pretensiosamente aplicado a esse tipo de pavimentação. Eu sabia que você não poderia falar 'estereotomia' para si mesmo sem ser levado a pensar em atomias e, portanto, nas teorias de Epicuro; e uma vez que, ao discutir esse assunto há não muito tempo, eu mencionei quão singularmente, embora com pouca atenção, os vagos palpites daquele nobre grego tinham encontrado confirmação na cosmogonia nebular recente, senti que você não deixaria de erguer os olhos para a grande *nebula* de

Órion, e esperei sem dúvida que o fizesse. De fato, você olhou para cima; e então eu estava seguro de que havia corretamente seguido seus passos. Porém, naquela *tirade*[11] amarga sobre Chantilly que apareceu no *Musée* de ontem, o satirista, fazendo alusões infelizes à mudança de nome do sapateiro ao calçar o coturno do ator, fez uma citação latina sobre a qual conversamos com frequência. Refiro-me ao verso '*Perdidit antiquum litera sonum*'.[12]

---

11 Do francês, "diatribe", isto é, crítica severa. [N. de T.]
12 "A primeira letra perdeu o antigo som" – citação de *Fastos*, calendário romano de Ovídio (43 a.C.- XVII ou XVIII d.C.), em que o poeta trata do nascimento de Órion. [N. de T.]

"Eu lhe contara que se tratava de uma referência a Órion, antigamente grafada Urion; e, a partir de certas pungências relacionadas a essa explicação, tinha certeza de que você não teria esquecido. Estava claro, portanto, que você não deixaria de combinar as ideias de Órion e Chantilly. Que as combinara, eu vi pela natureza do sorriso que atravessou seus lábios. Você pensou na imolação do pobre sapateiro. Até então, estivera andando encurvado, mas vi que se endireitou até ficar completamente ereto. Foi então que tive certeza de que refletia sobre a figura diminuta de Chantilly. Nesse momento interrompi suas meditações para comentar que, de fato, ele é um sujeito baixinho e se daria melhor no *Théâtre des Variétés*."

Pouco tempo depois, estávamos correndo os olhos por uma edição noturna da *Gazette des Tribunaux*, quando os seguintes parágrafos atraíram nossa atenção:

ASSASSINATOS EXTRAORDINÁRIOS

Nesta madrugada, por volta das três horas, os moradores do *quartier*[13] St. Roch foram despertados por uma sucessão de gritos agudos e terríveis, oriundos, ao que parece, do quarto andar de uma casa na rua Morgue, ocupada até onde se sabe apenas por uma certa Madame L'Espanaye e por sua filha, Mademoiselle Camille L'Espanaye. Após algum atraso, ocasionado pela tentativa infrutífera de se obter acesso do modo costumeiro, o portão foi arrombado com um pé de cabra, e entre oito e dez vizinhos entraram acompanhados

---

13 Do francês, "bairro". [N. de T.]

por dois *gendarmes*[14]. A essa altura, os gritos haviam cessado; mas, à medida que o grupo subia correndo o primeiro lance de escadas, foram distinguidas duas ou mais vozes ásperas em uma altercação raivosa, que parecia provir dos andares superiores da casa. Quando o grupo alcançou o segundo patamar, esses sons também tinham cessado e tudo permanecia em completo silêncio. O grupo se dividiu e correu de um cômodo a outro. Ao chegar a um aposento grande nos fundos do quarto andar (cuja porta, trancada com a chave do lado de dentro, foi arrombada), revelou-se um espetáculo que deixou todos os presentes não apenas horrorizados como também espantados.

---

14 Do francês, "guardas". [N. de T.]

O aposento estava na mais completa desordem — a mobília quebrada e atirada a esmo por todos os cantos. Havia apenas a base de uma cama; o colchão havia sido removido e jogado no meio do piso. Em uma cadeira, havia uma navalha manchada de sangue. Na lareira, jaziam duas ou três madeixas compridas e fartas de cabelo humano grisalho, também cobertas de sangue, que pareciam ter sido arrancadas pela raiz. No chão, foram encontrados 4 napoleões[15], um brinco de topázio, três colheres de prata grandes, três menores de *métal d'Alger*,[16] e duas bolsas contendo quase 4 mil francos em ouro. As gavetas de um *bureau*[17],

---

15 Moeda francesa de ouro no valor de 20 francos. [N. de T.]
16 Do francês, "metal de Argel". Trata-se de uma liga branca composta por estanho e antimônio. [N. de T.]
17 Do francês, "cômoda" [N. de T.]

em um canto, estavam abertas e pareciam ter sido reviradas, embora muitos itens ainda permanecessem no interior. Um pequeno cofre de ferro foi descoberto sob a *cama* (não seu estrado). Estava aberto, com a chave ainda na porta. Não havia nada no interior, exceto algumas cartas antigas e outros papéis de pouca relevância.

De Madame L'Espanaye não havia sinal; mas, devido a uma quantidade incomum de fuligem avistada na lareira, empreendeu-se uma busca na chaminé e (que terrível relatar!) o cadáver da filha, de cabeça para baixo, foi removido de lá; tendo sido forçado pela abertura estreita até uma altura considerável. O corpo estava ainda quente. Na examinação, foram notadas diversas escoriações, sem dúvida ocasionadas pela violência com que tinha sido empurrado chaminé acima e depois puxado. No rosto havia muitos arranhões violentos e, na garganta, hematomas escuros e sulcos profundos de unhas, como se a falecida tivesse sido estrangulada.

Após uma investigação minuciosa de todos os cantos da casa, sem mais descobertas, o grupo se dirigiu ao pequeno quintal pavimentado nos fundos do prédio, onde jazia o corpo da senhora, com um corte tão profundo na garganta que, na tentativa de erguê-la, a cabeça despencou. O corpo, assim como a cabeça, estava terrivelmente mutilado — a tal ponto que mal retinha qualquer aparência de humanidade.

Sobre esse horrível mistério ainda não há, acreditamos, a mais remota pista.

O jornal do dia seguinte adicionava os seguintes detalhes:

A tragédia na rua Morgue. Muitos indivíduos foram interrogados em relação a esse *affair*[18] extraordinário e medonho [a palavra *"affaire"* não assumira ainda, na França, o ar de frivolidade que nos transmite], mas absolutamente nada que lançasse uma luz sobre a questão transpareceu. Abaixo, apresentamos todo o material obtido a partir dos testemunhos.

---

18 Do francês, "caso". [N. de T.]

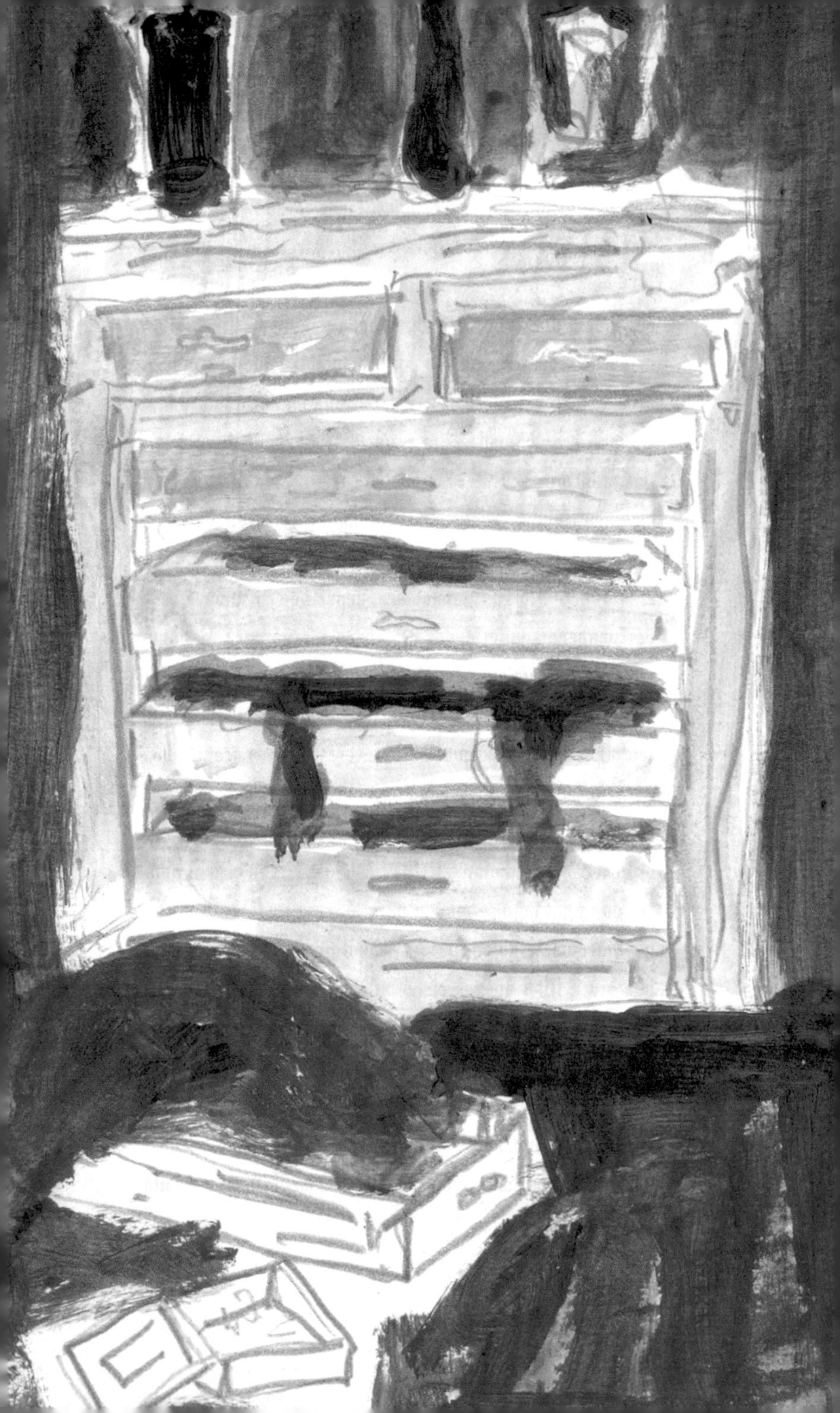

Pauline Dubourg, lavadeira, depõe que conhecia ambas as falecidas havia três anos, tendo lavado roupas para elas nesse período. A senhora e a filha pareciam ter um bom relacionamento — eram muito afeiçoadas uma à outra. Pagavam em dia. Não soube dizer nada quanto a seu modo ou meios de sobrevivência. Acreditava que Madame L. ganhava a vida como vidente. Dizia-se que tinha dinheiro guardado. Quando era chamada para pegar as roupas ou ao entregá-las, nunca encontrou ninguém na casa. Estava certa de que elas não tinham criados. Parecia não haver mobília em nenhuma parte do prédio exceto no quarto andar.

Pierre Moreau, tabaqueiro, depõe que costumava vender pequenas quantidades de tabaco e rapé para Madame L'Espanaye fazia quase quatro anos. Nasceu no bairro e sempre residiu ali. A falecida e a filha ocuparam por mais de seis anos a casa na qual os cadáveres foram encontrados. Anteriormente, morava ali um joalheiro, que sublocava os cômodos superiores para diversas pessoas. O edifício era propriedade de Madame L. Ela ficou insatisfeita com os abusos do inquilino e se mudou para lá, recusando-se a alugar qualquer parte do edifício. A senhora era senil. A testemunha viu a filha apenas cinco ou seis vezes durante os seis anos. As duas levavam uma vida extremamente reclusa e tinham a fama de ter dinheiro. Ouviu dizer entre os vizinhos que Madame L. era vidente — não acreditava nisso. Nunca viu ninguém entrar pela porta, exceto a senhora e a filha, um carregador uma ou duas vezes, e um médico cerca de oito ou dez vezes.

Muitas outras pessoas, vizinhos, corroboraram os depoimentos anteriores. Não houve menção a ninguém que frequentasse a casa. Não se sabe se Madame L. e a filha tinham algum parente vivo. Os postigos das janelas da frente raramente ficavam abertos. Os dos fundos sempre ficavam fechados, com exceção dos do aposento grande nos fundos, no quarto andar. Era uma boa casa, não muito antiga.

Isidore Muset, gendarme, depõe que foi chamado à casa por volta das três da manhã e que encontrou de vinte a trinta pessoas no portão, tentando encontrar um acesso. Abriu-o à força, por fim, com uma baioneta — não um pé de cabra. Teve pouca dificuldade, por ser um portão duplo ou de duas folhas, que não estava aferrolhado nem embaixo nem em cima. Os gritos agudos continuaram até que o portão fosse aberto — então subitamente cessaram. Pareciam ser os gritos de uma pessoa (ou mais) em enorme agonia — eram altos e arrastados, não curtos e breves. A testemunha capitaneou o grupo escada acima. Ao alcançar o primeiro patamar, ouviu duas vozes em uma altercação alta e raivosa — uma delas áspera, a outra muito mais estridente; uma voz muito estranha. Conseguiu entender algumas palavras da primeira, que pertencia a um francês. Estava convencido de que não era a voz de uma mulher. Conseguiu distinguir as palavras *"sacré"* e *"diable"*.[19] A voz estridente era de um estrangeiro. Não tinha certeza se

---

19 Do francês, "maldito" e "diabo". [N. de T.]

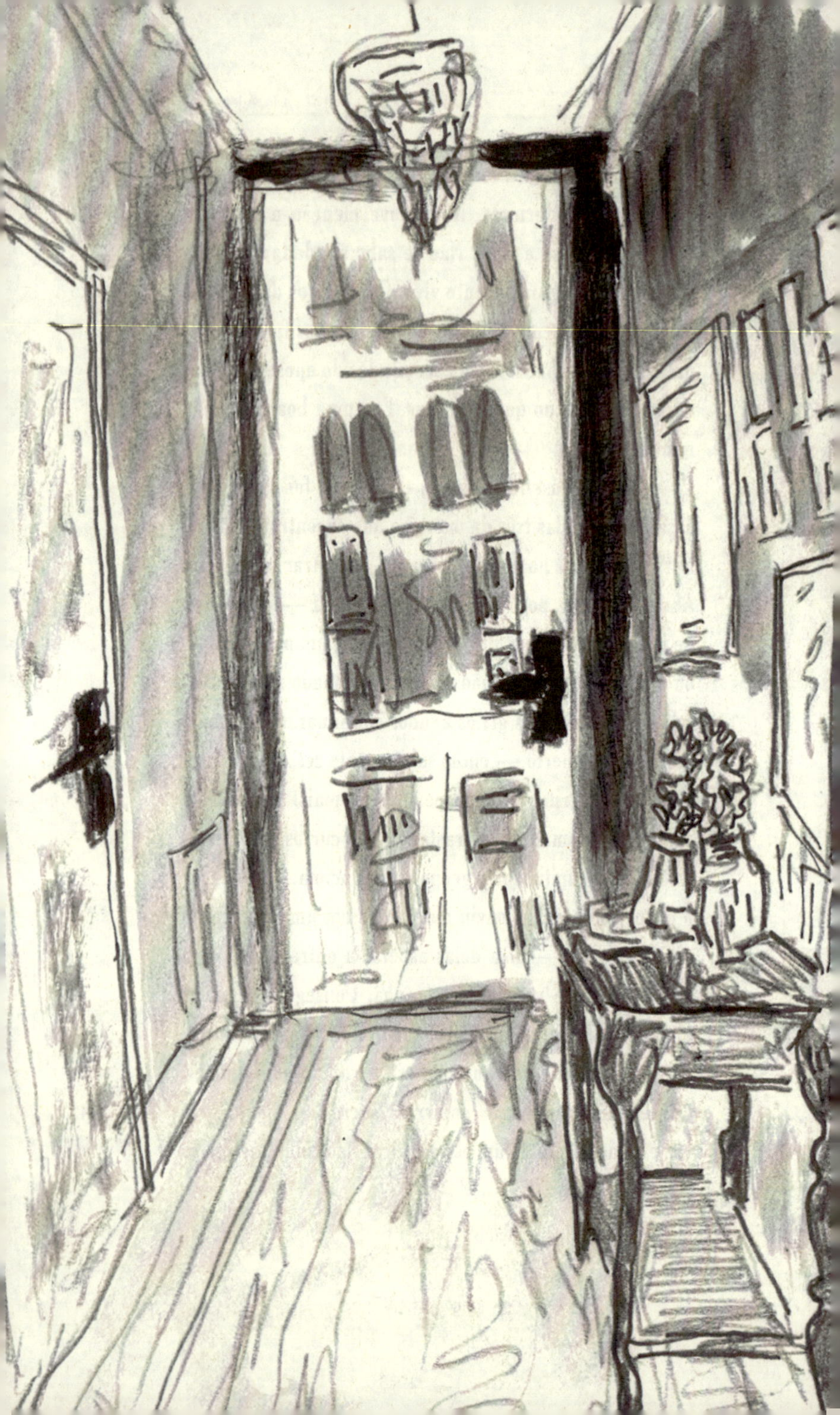

era de homem ou mulher. Não conseguiu compreender o que foi dito, mas acreditava que a língua era espanhol. Esta testemunha descreveu a condição do quarto e dos corpos como relatamos ontem.

Henri Duval, um vizinho e ferreiro de prata de ofício, depõe que estava com o primeiro grupo que entrou na casa. Corrobora o testemunho de Muset de forma geral. Assim que forçaram a entrada, voltaram a fechar a porta, para manter afastada a multidão, que se formava depressa apesar da hora avançada. A voz estridente, esta testemunha acredita, falava italiano. Tinha certeza de que não era francês. Não estava certo de que era a voz de um homem. Poderia ter sido uma mulher. Não estava familiarizado com a língua italiana. Não conseguiu distinguir as palavras, mas estava convencido, pela entonação, de que o falante era italiano. Conhecia Madame L. e a filha. Conversava com ambas com frequência. Estava certo de que a voz estridente não pertencia a nenhuma das duas.

Odenheimer, restaurateur[20]. Esta testemunha depôs voluntariamente. Como não falava francês, foi interrogado com a ajuda de um intérprete. É natural de Amsterdã. Estava passando pela casa na hora dos gritos agudos. Eles duraram vários minutos — provavelmente dez. Eram longos e altos — terríveis e angustiantes. Foi um dos que entraram no prédio. Corroborou todos os testemunhos anteriores, exceto por um detalhe. Tinha certeza

---

20 Do francês, "restaurador". [N. de T.]

de que a voz estridente vinha de um homem — de um francês. Não distinguiu as palavras proferidas. Eram altas e rápidas, em tons desiguais, e pronunciadas, aparentemente, com medo e com raiva. A voz era dura — não estridente, e sim dura. Não a chamaria de estridente. A voz áspera disse repetidamente *"sacré"*, *"diable"* e uma vez *"mon Dieu"*.

Jules Mignaud, banqueiro da firma Mignaud et Fils, rua Deloraine. É o Mignaud mais velho. Madame L'Espanaye tinha alguns bens. Abrira uma conta em seu banco naquela primavera — (oito anos antes). Fazia depósitos frequentes de pequenas quantias. Nunca tinha efetuado um saque até três dias antes da sua morte, quando pessoalmente sacou 4 mil francos. A soma foi retirada em ouro, e um funcionário levou o dinheiro até sua casa.

Adolphe Le Bon, funcionário da Mignaud et Fils, depõe que, na data em questão, por volta do meio-dia, acompanhou Madame L'Espanaye até sua residência com os 4 mil francos, divididos em duas bolsas. Quando a porta foi aberta, Mademoiselle L. apareceu e tirou uma das bolsas de sua mão, enquanto a senhora pegou a outra. Ele fez então uma mesura e partiu. Não viu ninguém na rua naquela ocasião. É uma travessa — muito tranquila.

William Bird, alfaiate, depõe que estava com o grupo que entrou na casa. É inglês. Mora em Paris há dois anos. Foi um dos primeiros a subir as escadas. Ouviu as vozes que discutiam. A voz áspera era de um francês. Conseguiu entender várias palavras, mas já não se lembrava de todas. Ouviu distintamente *"sacré"* e *"mon Dieu"*. Houve um som no momento, como se várias pessoas estivessem brigando — um som de objetos arrastados e de luta corporal. A voz estridente era muito alta, mais alta do que a áspera. Tem certeza de que não era a voz de um inglês. Parecia ser alemão. Talvez fosse de uma mulher. Não entende alemão.

Quatro das testemunhas supracitadas, ao serem chamadas de novo, depuseram que a porta do quarto no qual encontraram o corpo de Mademoiselle L. estava trancada por dentro quando o grupo chegou. Tudo estava em completo silêncio, não se ouviam grunhidos nem barulhos de qualquer tipo. Ao abrir a porta à força, ninguém foi visto. As janelas, tanto nos cômodos dos fundos como nos da frente, estavam baixadas e firmemente trancadas por dentro. Uma porta entre os dois quartos estava fechada, mas não trancada. A porta do quarto da frente, que dava para o corredor, estava trancada com a chave do lado de dentro. Uma saleta na parte da frente da casa, no quarto andar, no final do corredor, estava com a porta entreaberta. Este cômodo estava entulhado com camas antigas, caixas etc. Os itens foram cuidadosamente retirados e revistados. Não houve um centímetro de qualquer parte da casa que não tenha sido cuidadosamente vasculhado. Fizeram varreduras de cima a baixo nas chaminés. A casa tinha quatro andares, com águas-furtadas (*mansardes*). Um alçapão no teto estava firmemente fechado com pregos — parecia não ser aberto há anos. O tempo decorrido entre as vozes discutindo e a abertura da porta do quarto foi estabelecido com divergências pelas testemunhas. Alguns o declararam curto, em torno de três minutos — outros, mais longo, chegando a cinco. A porta foi aberta com dificuldade.

Alfonzo Garcio, agente funerário, depõe que reside na rua Morgue. É natural da Espanha. Foi um dos integrantes do grupo que entrou na casa. Não subiu as escadas. Sofre dos nervos, e ficou apreensivo com as consequências da agitação. Ouviu as vozes em altercação. A voz áspera pertencia a um francês. Não conseguiu entender o que foi dito. A voz estridente era de um inglês — tem certeza disso. Não entende inglês, mas julga pela entonação.

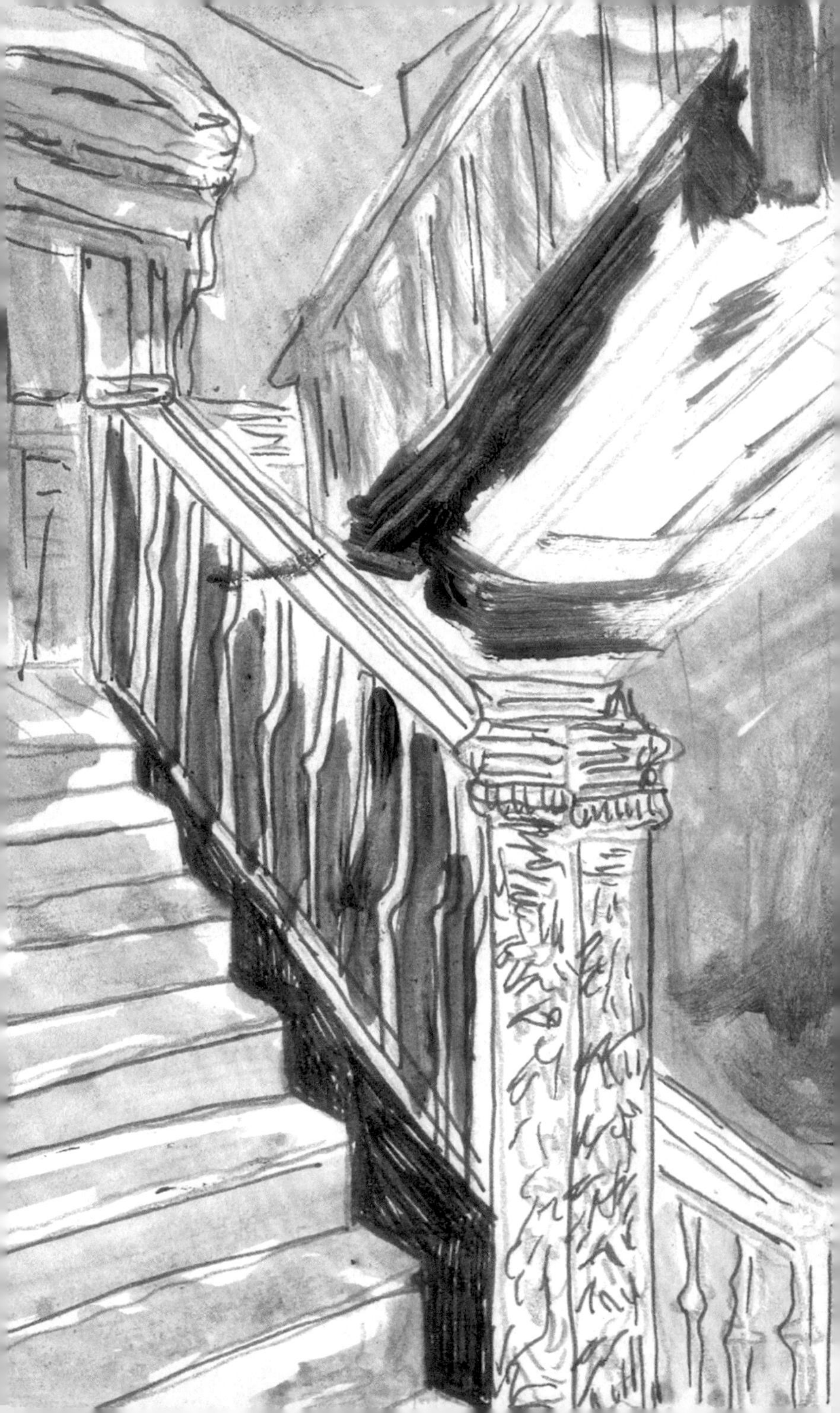

OS ASSASSINATOS NA RUA MORGUE

Alberto Montani, confeiteiro, depõe que estava entre os primeiros a subir as escadas. Ouviu as vozes em questão. A voz áspera era de um francês. Entendeu diversas palavras. O falante parecia estar censurando alguém. Não conseguiu entender as palavras da voz estridente. Falava rápido e em tons desiguais. Acredita que se trata da voz de um russo. Corrobora o testemunho geral. É italiano. Nunca conversou com um russo.

Várias testemunhas, quando chamadas de volta, afirmaram que as chaminés de todos os aposentos do quarto andar eram estreitas demais para permitir a passagem de um ser humano. Quanto às 'varreduras', foram feitas com escovas cilíndricas, como as empregadas pelos limpadores de chaminés. Essas escovas foram introduzidas em todas as chaminés da casa. Não há nenhuma passagem nos fundos pela qual alguém poderia ter descido enquanto o grupo seguia escada acima.

O corpo de Mademoiselle L'Espanaye estava tão firmemente encaixado na chaminé que só conseguiram removê-lo quando quatro ou cinco membros do grupo uniram forças para puxá-lo.

Paul Dumas, médico, depõe que foi chamado para examinar os corpos ao raiar do dia. Ambos jaziam sobre o estrado da cama, no quarto onde Mademoiselle L. fora encontrada. O cadáver da jovem estava muito contundido e escoriado. O fato de ter sido empurrado chaminé acima seria o suficiente para explicar as marcas. A garganta estava bastante esfolada. Havia vários arranhões profundos logo abaixo do queixo, junto com uma série de manchas lívidas, que claramente consistiam em marcas de dedos. O rosto estava terrivelmente descolorido, e os globos oculares, protuberantes. A língua tinha sido parcialmente mordida. Um grande hematoma foi descoberto na boca do estômago, produzido, ao que parece, pela pressão de um joelho. Na opinião de M. Dumas, Mademoiselle L'Espanaye foi estrangulada por um ou mais indivíduos desconhecidos. O corpo da mãe fora horrivelmente mutilado. Todos os ossos da perna e do braço direitos estavam partidos, em maior ou menor grau. A tíbia esquerda estava estilhaçada, assim como todas as costelas do lado esquerdo. O corpo inteiro estava terrivelmente contundido e descolorido. Não foi possível dizer como os ferimentos foram infligidos. Um taco de madeira pesado ou uma

barra de ferro larga, uma cadeira, qualquer arma grande, pesada e obtusa teria produzido tais resultados, se empunhada pelas mãos de um homem muito forte. Nenhuma mulher seria capaz de infligir tais golpes com nenhuma arma. A cabeça da falecida, quando as testemunhas avistaram-na, estava inteiramente separada do corpo e também bastante esmagada. Era

evidente que a garganta fora cortada com um instrumento muito afiado — provavelmente uma navalha.

Alexandre Etienne, **cirurgião, foi chamado juntamente com M. Dumas para ver os corpos. Corroborou o testemunho e as opiniões de M. Dumas.**

Mais nada de importância foi obtido, embora várias outras pessoas tenham sido interrogadas. Um assassinato tão misterioso, e com particularidades tão desconcertantes, jamais foi cometido em Paris — se é que de fato foi cometido um assassinato. A polícia está às cegas — uma ocorrência incomum em casos dessa natureza. Não há sequer a sombra de uma pista.

A edição vespertina do jornal afirmava que persistia uma grande agitação no *quartier* St. Roch; o local em questão voltara a ser cuidadosamente revistado, e as testemunhas haviam sido outra vez interrogadas, sem qualquer resultado. Uma nota ao final do texto, no entanto, mencionava que Adolphe Le Bon fora detido e encarcerado — embora nada parecesse incriminá-lo, além dos fatos já detalhados.

Dupin parecia particularmente interessado no desenvolvimento do caso — pelo menos assim julguei por seus modos, pois ele não teceu comentário algum. Foi só após o anúncio da prisão de Le Bon que ele perguntou minha opinião em relação aos assassinatos.

Pude apenas concordar com o restante de Paris e considerá-los um mistério insolúvel. Não via um meio possível de chegar ao assassino.

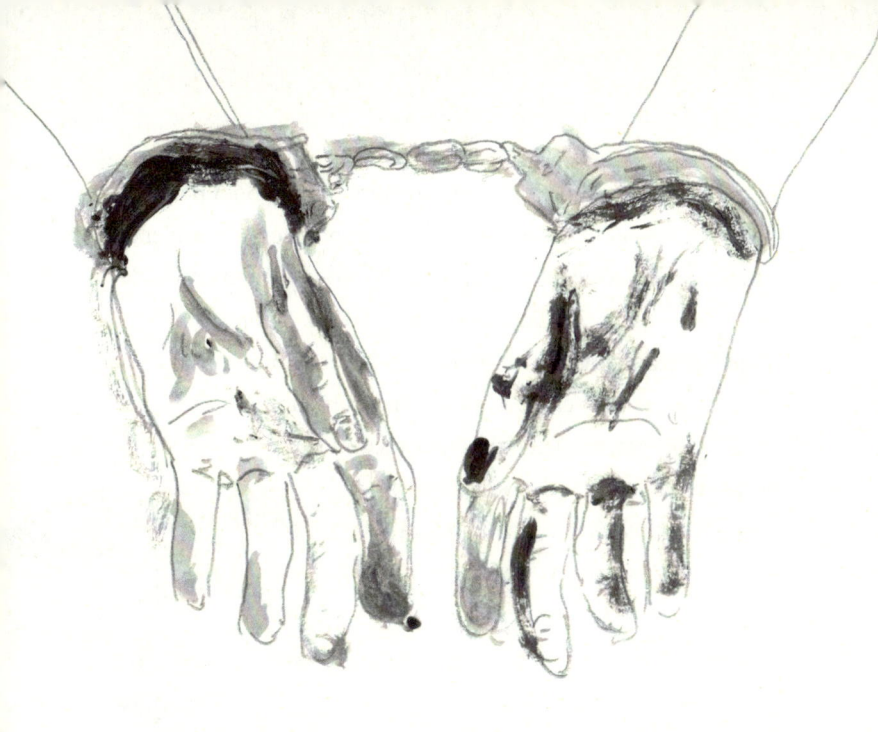

— Não podemos julgar que não há meio — disse Dupin — com base nesses interrogatórios superficiais. A polícia parisiense, tão louvada por sua *argúcia*, é astuta, nada mais. Não há método em seus procedimentos além do método do momento. Eles tomam uma ampla série de medidas; mas, não raro, estas são tão mal adaptadas aos objetivos propostos que nos recordam o pedido de Monsieur Jourdain por sua *robe-de-chambre; pour mieux entendre la musique.*[21] Os resultados obtidos por eles não raro são surpreendentes, porém, na maior parte, são consequência de simples diligência e atividade. Quando essas qualidades são inúteis, suas estraté-

---

21 Citação de *O burguês fidalgo*, de Molière (1622-1673), cujo protagonista Jourdain é um alpinista social que se veste de modo extravagante. Em certo momento, pede o seu "roupão; para ouvir melhor a música". [N. de T.]

gias fracassam. Vidocq[22], por exemplo, era um bom palpiteiro e um homem perseverante. No entanto, sem uma mente cultivada, errava continuamente pela própria intensidade de suas investigações. Obstruía sua visão ao manter o objeto próximo demais. Poderia ver, talvez, um ou dois pontos com clareza incomum, mas, ao fazê-lo, necessariamente perdia a visão do todo. Dessa forma, é possível ser profundo demais. A verdade não está sempre em um poço. Na realidade, no que diz respeito ao conhecimento mais importante, acredito que ela seja invariavelmente superficial. A profundidade jaz nos vales onde a procuramos, não no cimo de montanhas onde é encontrada. Os modos e as fontes desse tipo de erro são bem tipificados na contemplação dos corpos celestiais. Olhar para uma estrela de relance; vê-la de soslaio, voltando em direção a ela as partes exteriores da *retina* (mais suscetíveis a leves impressões de luz do que o interior) é contemplar a estrela distintamente; é apreciar da melhor forma o

---

22 Eugene-François Vidocq (1775-1857) foi um criminoso francês que se tornou criminalista e inspirou personagens como Javert, de Victor Hugo (1802-1885), e Vautrin, de Honoré de Balzac (1799-1850). [N. de T.]

seu brilho — um brilho que vai diminuindo na medida em que voltamos nossa visão *inteiramente* para ela. Um número maior de raios de fato incide sobre o olho no último caso, mas, no primeiro, reside a capacidade mais refinada de compreensão. Com uma profundidade indevida, nós confundimos e enfraquecemos o pensamento; e é possível fazer até mesmo a própria Vênus desaparecer do firmamento com um escrutínio sustentado, ou concentrado, ou direto demais.

"Quanto a esses assassinatos, façamos nossa própria investigação antes de formar uma opinião a respeito. Uma investigação nos renderá uma bela diversão [achei este um termo estranho, dado o contexto, mas não disse nada] e, além disso, Le Bon uma vez me prestou um serviço pelo qual não sou ingrato. Vamos examinar o local com nossos próprios olhos. Conheço G., o comissário de polícia, e não terei dificuldade em obter a permissão necessária.

A permissão foi obtida, e seguimos de imediato para a rua Morgue. É uma daquelas vias miseráveis que se interpõem entre a rua Richelieu e a rua St. Roch. Chegamos no final da tarde, uma vez que o bairro fica a grande distância daquele em que residíamos. A casa foi de pronto identificada, pois ainda havia muitas pessoas olhando para as janelas fechadas no alto, com uma curiosidade sem propósito, do outro lado da via. Era uma casa parisiense comum, com uma entrada, do lado da qual ficava um compartimento de vidro, com painel deslizante, indicando uma *loge de concierge*.[23] Antes de entrar, percorremos a rua, viramos numa ruela e, então, fazendo outra curva, passamos atrás do prédio; Dupin, enquanto isso, examinava todo o bairro, assim como a casa, com uma atenção minuciosa para a qual eu não podia ver nenhum possível objetivo.

Ao retornar pelo mesmo caminho, voltamos à frente da casa, tocamos a campainha e, após mostrar nossas credenciais, fomos admitidos pelos agentes responsáveis. Subimos as escadas até o quarto onde o corpo de Mademoiselle L'Espanaye fora encontrado e onde ambas as falecidas ainda jaziam. O quarto, como é de praxe, padecia do mesmo estado de desordem em que fora encontrado. Eu não vi nada além do que tinha sido afirmado na *Gazette des Tribunaux*. Dupin esquadrinhou absolutamente tudo — incluindo o corpo das vítimas. Depois, entramos nos outros cômodos e saímos no jardim, acompanhados o tempo todo por um *gendarme*. A investigação nos ocupou até o anoitecer, quando nos retiramos. No caminho para casa, meu

---

23 Do francês, "portaria". [N. de T.]

companheiro entrou por um momento na redação de um dos jornais diários.

Eu disse que os caprichos do meu amigo eram múltiplos, e que *Je les ménageais*[24] — para essa frase não há equivalente em inglês. Agora, ele resolvera dispensar qualquer conversa que abordasse o assassinato, e foi assim até o meio-dia do dia seguinte. Ele então me perguntou, subitamente, se eu observara qualquer coisa *peculiar* no local da atrocidade.

Algo em seu modo de enfatizar a palavra "peculiar" me fez estremecer sem que eu soubesse por quê.

— Não, nada *peculiar* — respondi. — Pelo menos, nada além do que ambos lemos no jornal.

— Temo que a *Gazette* não tenha abordado o horror incomum do caso — respondeu ele. — Porém, desconsidere as opiniões indolentes dessa publicação. Parece-me que este mistério é considerado insolúvel pela exata razão que deveria ser encarado como de fácil solução. Refiro-me ao caráter *outré*[25] de suas circunstâncias. A polícia está confusa devido à aparente ausência de motivo — não pelo assassinato em si, mas pela atrocidade do assassinato. Está intrigada, também, devido à aparente impossibilidade de conciliar as vozes ouvidas em discussão com o fato de que ninguém foi descoberto no andar, exceto a assassinada Mademoiselle L'Espanaye, e de que não havia como al-

---
24 Do francês, "Eu lidava com eles". [N. de T.]
25 Do francês, "excêntrico, bizarro, incomum". [N. de T.]

guém ter saído sem que o grupo que subia as escadas notasse. A completa desordem do quarto; o cadáver forçado, de cabeça para baixo, chaminé acima; a mutilação medonha do corpo da idosa; essas considerações, junto àquelas que acabei de mencionar e outras que nem preciso, foram suficientes para paralisar as faculdades dos agentes da polícia, ao pôr completamente em xeque a *argúcia* de que se gabam. Eles cometeram o erro grosseiro, porém comum, de confundir o incomum com o obscuro. No entanto, são por esses desvios do plano do prosaico que a razão encontra seu caminho, se é que o faz, em busca da verdade. Em investigações tais como as que agora realizamos, não se deve perguntar tanto "o que ocorreu", mas "o que ocorreu que jamais ocorrera antes". Na verdade, a facilidade com a qual atingirei, ou já atingi, a solução do mistério, é proporcional a sua aparente insolubilidade aos olhos da polícia.

Encarei meu interlocutor em espanto mudo.

— Estou esperando — continuou ele, olhando para a porta de nossos aposentos —, estou esperando uma pessoa que, embora talvez não seja o responsável por essa carnificina, deve estar em alguma medida implicado em sua perpetração. Da pior parte dos crimes cometidos, é provável que seja inocente. Espero que eu esteja certo em tal suposição, pois nela se baseia minha expectativa de solucionar todo o enigma. Imagino que o homem se apresentará aqui — neste cômodo — a qualquer momento. Caso venha, será necessário detê-lo. Tome aqui estas pistolas; ambos sabemos usá-las quando a ocasião exige.

Peguei as pistolas, mal sabendo o que fazia ou acreditando no que ouvia, ao passo que Dupin prosseguia, como se fizesse um solilóquio. Eu já mencionei seus modos abstratos em momentos assim. Seu discurso era direcionado a mim; porém, sua voz, embora não fosse de modo algum alta, tinha aquela entonação que costuma ser empregada quando se fala com alguém a grande distância. Seus olhos, inexpressivos, encaravam apenas a parede.

— Que as vozes ouvidas em contenda pelo grupo nas escadas não eram as vozes das próprias mulheres — disse ele — foi completamente provado pelos depoimentos. Isso nos livra de qualquer dúvida quanto à possibilidade de a senhora ter primeiro atacado a filha e depois cometido suicídio. Falo desse ponto sobretudo por uma questão de método; pois a força de Madame L'Espanaye teria sido de todo insuficiente para a tarefa de empurrar o cadáver da filha chaminé acima, como ele foi encontrado; e a natureza dos ferimentos infligidos em sua própria pessoa exclui por completo a ideia de ter dado cabo da vida. O assassinato, então, foi cometido por terceiros, e as vozes desses indivíduos foram ouvidas em discussão. Agora, permita-me aludir não a todo o testemunho a respeito dessas vozes, mas ao que era *peculiar* nesses testemunhos. Você observou algo peculiar neles?

Comentei que, embora todas as testemunhas concordassem ao supor que a voz áspera fosse de um francês, havia muita discordância sobre a voz estridente ou, como um indivíduo descrevera, a voz dura.

— Esse é o indício em si — disse Dupin —, mas não a peculiaridade do indício. Você não observou nada distinto. No entanto, *havia* algo a se observar. As testemunhas, como você notou, concordaram sobre a voz áspera; eram unânimes. Contudo, quanto à voz estridente, a peculiaridade não é que elas tenham discordado, mas o fato de que, quando um italiano, um inglês, um espanhol, um holandês e um francês tentaram descrevê-la, cada um falou dela como a voz *de um estrangeiro*. Todos estavam certos de que não era a voz de um conterrâneo. Cada um a compara não à voz de um indivíduo de qualquer nação cuja língua conhece, mas o contrário. O francês supõe ser a voz de um espanhol, e "poderia ter compreendido algumas palavras *se estivesse familiarizado com o espanhol*". O holandês sustenta que era um francês; mas encontramos no documento que, "*como não falava francês, foi interrogado com a ajuda de um intérprete*". O inglês pensa que era a voz de um alemão, e "*não entende alemão*". O espanhol "tem certeza" de que era um inglês, mas "*julga pela entonação*", uma vez que "*não entende inglês*". O italiano acredita que era a voz de um russo, mas "*nunca conversou com um russo*". Um segundo francês discorda, além disso, do primeiro, e tem certeza de que a voz era de um italiano; porém, "não *familiarizado com a língua*", está, como o espanhol, "convencido pela entonação". Agora, como deve ser realmente estranha a voz que inspirou tais testemunhos! Em cuja *entonação* cidadãos de cinco grandes divisões da Europa não conseguiram reconhecer nada de familiar! Você dirá que poderia ser a voz de um asiático, de um africano. Nem asiáticos nem africanos abundam em Paris; mas, sem recusar a inferência, simplesmente chamarei sua atenção para três pontos. A voz é descrita por uma testemunha como "dura" em vez de "estridente". É representada por duas outras como "rápida e *em tons desiguais*". Nenhuma palavra, nenhum som parecido com palavras, foi mencionado por qualquer testemunha como compreensível.

"Não sei", continuou Dupin, "que impressão eu causei, até agora, sobre seu próprio entendimento; mas não hesito em dizer que deduções legítimas, mesmo dessa parte dos depoimentos — a parte sobre as vozes áspera e estridente —, já são suficientes para engendrar uma suspeita que deveria ter apontado a direção para toda a investigação do mistério. Eu disse 'deduções legítimas', mas isso não abrange por completo o que desejo expressar. Pretendia sugerir que as deduções são as *únicas* adequadas, e que a suspeita *inevitavelmente* emerge delas como único resultado. Qual é a suspeita, no entanto, ainda não direi. Desejo apenas que tenha em mente que, para mim, ela foi categórica o suficiente para dar uma forma definitiva, certa tendência, a minhas investigações naquele quarto.

"Agora vamos nos transportar, pela imaginação, de volta a esse quarto. O que devemos procurar aqui em primeiro lugar? O modo de fuga empregado pelos assassinos. Não é necessário dizer que nenhum de nós acredita em acontecimentos sobrenaturais. Madame e Mademoiselle L'Espanaye não foram aniquiladas por espíritos. Os executores do feito eram seres materiais e escaparam de modo material. Mas como? Felizmente, há apenas uma forma de raciocinar quanto a esse ponto, e essa forma *tem de* nos conduzir a uma conclusão definitiva. Examinemos, um por um, os possíveis meios de fuga. É evidente que os assassinos estavam no quarto onde Mademoiselle L'Espanaye foi encontrada, ou pelo menos no quarto adjacente, quando o grupo subiu as escadas. Desse modo, precisamos procurar apenas nesses dois aposentos a saída utilizada. A polícia desnudou os pisos, os tetos e a alvenaria das paredes, de todos os lados. Nenhuma rota *secreta* poderia ter escapado à sua revista. Contudo, não confiando nos olhos *deles*, examinei com os meus. Já estabelecemos, portanto, que não havia *nenhuma* rota secreta. As portas dos dois quartos que davam para o corredor estavam bem trancadas, com as chaves do lado de dentro. Voltemo-nos às chaminés. Essas, embora de largura regular por cerca de 2 ou 3 metros de altura a partir das lareiras, não permitiriam a passagem, em toda a sua extensão, nem de um gato corpulento. Sendo assim absoluta a impossibilidade de fuga pelos meios já citados, restam-nos apenas as janelas. Por aquelas do quarto da frente, ninguém poderia escapar sem ser visto pela multidão na rua. Os assassinos *têm de*, portanto, ter saído pelas do quarto dos fundos. Agora, tendo chegado a tal conclusão de modo tão inequívoco como o fizemos, não cabe a nós, como analistas, rejeitá-la devido a aparentes impossibilidades. Só nos resta provar que essas aparentes 'impossibilidades', na realidade, não o são.

"Há duas janelas no quarto. Uma delas não é obstruída pela mobília e está completamente visível. A porção inferior da outra está fora de vista devido ao topo da grande cabeceira, que foi empurrada para junto dela. A primeira foi encontrada firmemente aferrolhada por dentro. Resistiu a toda a força daqueles que tentaram abri-la. Um grande buraco fora perfurado com uma verruma à esquerda do caixilho, e um prego muito grosso estava encaixado ali, quase até a cabeça. Ao examinar a outra janela, um prego similar e encaixado da mesma forma foi encontrado; e uma tentativa vigorosa de erguer a folha também fracassou. A polícia agora estava completamente convencida de que a fuga não ocorrera nessas direções. E, *portanto*, acreditou-se ser desnecessário remover os pregos e abrir as janelas.

"Minha própria investigação foi um tanto mais detida, e fiz isso pelo motivo que acabei de apresentar — pois ali, eu sabia, é que *teria de* se provar que todas as aparentes impossibilidades não o eram na realidade.

"Continuei pensando, portanto, *a posteriori*. Os assassinos *escaparam* por uma daquelas janelas. Dito isso, não poderiam ter fechado as folhas pelo lado de dentro, não da forma como foram encontradas — uma consideração que pôs fim, por sua obviedade, ao escrutínio da polícia quanto a esse ponto. No entanto, as folhas *estavam* fechadas. Desse modo, *teriam de* ter o poder de se fechar sozinhas. Não havia como fugir dessa conclusão. Fui até a janela desobstruída, removi o prego com alguma dificuldade e tentei erguer a folha. Resistiu a todos os meus esforços, como eu antecipara. Entendi, então, que deveria haver uma mola oculta; e essa corroboração da minha ideia me convenceu de que minhas premissas, pelo menos, estavam corretas, por mais misteriosas que ainda parecessem as circunstâncias envolvendo os pregos. Uma busca cuidadosa logo revelou a mola oculta. Eu a pressionei e, satisfeito com a descoberta, contive o impulso de erguer a folha.

"Então, substituí o prego e o examinei com atenção. Alguém que passasse por essa janela poderia tê-la baixado de novo, e a mola teria fechado a folha — mas o prego não poderia ter sido substituído. A conclusão era óbvia, e novamente estreitou o campo das minhas investigações. Os assassinos *teriam de* ter escapado pela outra janela. Supondo, assim, que as molas sobre cada folha fossem iguais, como era provável, *teria de* haver uma diferença entre os pregos, ou pelo menos no modo como foram presos. Fui até a base da cama e examinei atentamente a cabeceira próxima à segunda janela. Passando a mão atrás dela, logo encontrei e pressionei a mola, que era, como supus, idêntica à outra. Então, olhei para o prego. Era tão grosso quanto o outro, e aparentemente encaixado da mesma forma, fincado quase até a cabeça.

"Você pode pensar que fiquei intrigado; porém, se acha isso, não deve ter compreendido a natureza de minhas deduções. Para usar um termo esportivo, eu não cometera nenhuma 'falta'. O rastro não fora perdido sequer por um instante. Não havia nenhuma falha em qualquer elo da cadeia. Eu tinha rastreado o mistério até sua solução — e essa solução era *o prego*. Ele tinha, em todos os aspectos, a aparência do companheiro da outra janela; mas esse fato era de uma absoluta nulidade (por mais conclusivo que parecesse ser), dada a consideração de que ali, naquele ponto, terminava a pista. '*Tem de* haver algo errado', falei, 'com o prego.' Eu o toquei; e a cabeça, junto com cerca de 3 centímetros da haste, veio em meus dedos. O resto da haste estava no buraco onde fora quebrado. A fratura era antiga (pois suas bordas estavam incrustadas com ferrugem) e tinha, ao que parecia, sido realizada com o golpe de um martelo, o qual embutira parcialmente, no topo da folha inferior, a cabeça do prego. Nesse momento, com cuidado, recoloquei essa parte superior no sulco do qual a removera, e a aparência de um prego perfeito estava completa — não era possível ver a fissura. Pressionando a mola, delicadamente ergui a folha alguns centímetros; a cabeça subiu com ela, permanecendo firme no lugar. Fechei a janela, e o prego mais uma vez pareceu inteiro.

"O enigma, até ali, estava solucionado. O assassino tinha fugido pela janela obstruída pela cama. Caindo sozinha de volta ao lugar após a fuga (ou talvez propositadamente fechada), ela travara graças à mola; e foi a fixação dessa mola que a polícia tomou erroneamente como aquela do prego — de modo que não se vira a necessidade de mais investigações.

"A próxima questão relaciona-se à forma de descida. Quanto a esse ponto, eu ficara satisfeito com a caminhada que demos ao redor do prédio. A cerca de 1,5 metro da janela em questão, há um para-raios. Desse para-raios, seria impossível para qualquer um alcançar a janela em si, muito menos entrar por ela. Observei, no entanto, que as janelas do quarto andar são daquele tipo peculiar que os carpinteiros parisienses chamam de *ferrades* — um tipo raramente empregado hoje em dia, mas visto com frequência em mansões muito antigas em Lyons e Bordeaux. Elas têm o formato de uma porta comum (de folha única, não dupla), exceto pelo fato de que a porção inferior consiste em uma treliça e, sendo assim, fornece um apoio excelente para as mãos. No caso em questão, as janelas têm cerca de um metro de largura. Quando as vimos dos fundos da casa, estavam ambas semiabertas; isto é, formavam um ângulo reto com a parede. É provável que a polícia, assim como eu, tenha investigado os fundos do prédio; mas, se o fez, ao olhar para as *ferrades* abertas (como devem ter feito), não perceberam sua grande largura, ou, pelo menos, não a levaram em devida considera-

ção. Na verdade, convencidos de que nenhuma fuga poderia ter ocorrido dessa área, naturalmente fariam ali uma investigação muito superficial. Estava claro para mim, no entanto, que o postigo da janela diante da cabeceira da cama, se aberto de todo até a parede externa, chegaria a cerca de 60 centímetros do para-raios. Também ficou evidente que, se empregado um grau incomum de energia e de coragem, uma entrada pela janela, a partir do para-raios, poderia ter sido realizada da seguinte forma: ao cobrir a distância de 60 centímetros (supondo agora a janela aberta em sua total extensão), um invasor poderia obter apoio firme na treliça. Soltando, então, as mãos do para-raios, apoiando os pés firmemente contra a parede, e saltando dela com ousadia, ele poderia ter balançado o postigo de modo a fechá-lo e, se imaginarmos a janela aberta na hora, poderia até ter se balançado para dentro do quarto.

"Quero que tenha em mente especialmente que estou falando da necessidade de um grau *bastante* incomum de agilidade para realizar uma façanha tão perigosa e difícil. É minha intenção mostrar-lhe, primeiro, que a façanha poderia ter sido realizada; mas, em segundo lugar, e *sobretudo*, desejo chamar-lhe a atenção para o caráter *bastante extraordinário*, quase sobrenatural, dessa agilidade para ter sido possível realizá-la.

"Você dirá, sem dúvida, usando a linguagem da lei, que para 'defender minha tese', eu deveria minimizar, em vez de enfatizar, o grau de energia exigido para essa atividade. Essa pode ser a prática no direito, mas não no uso da razão. Meu objetivo final é a apenas a verdade. Meu objetivo imediato é levá-lo a justapor a agilidade *bastante incomum* da qual acabei de falar àquela voz estridente (ou dura) *bastante peculiar* e de *tons desiguais*, sobre cuja nacionalidade não houve duas pessoas que chegassem a um acordo, e em cuja fala nenhuma silabação pôde ser detectada."

A essas palavras, uma concepção vaga e inacabada do sentido dado por Dupin atravessou minha mente. Eu parecia estar à beira da compreensão sem a capacidade de compreender — os homens, às vezes, se veem prestes a recordar sem ser capazes de realmente fazê-lo. Meu amigo prosseguiu com seu discurso.

— Você deve ter notado — disse ele — que passei da questão do modo de saída para o modo de entrada. Era minha intenção transmitir a ideia de que ambas foram efetuadas da mesma maneira, no mesmo local. Voltemos agora ao interior do quarto. Examinemos os seus aspectos. Foi dito que as gavetas do *bureau* tinham sido reviradas, embora muitas peças de vestuário ainda permanecessem nelas. A conclusão aqui é absurda. É um mero palpite, muito tolo, e nada mais. Como podemos saber que os itens encontrados nessas gavetas não eram tudo que essas gavetas originalmente guardavam? Madame L'Espanaye e a filha levavam uma vida extremamente recolhida, não recebiam visitantes e raramente saíam de casa, tendo pouca utilidade para muitas mudas de roupa. Aquelas encontradas eram de qualidade tão boa quanto seria provável essas damas possuírem. Se um ladrão tivesse levado alguma, por que não levaria as melhores; por que não levaria todas? Em resumo, por que abandonou 4 mil francos em ouro para carregar uma trouxa de linho? O ouro *foi* abandonado. Praticamente toda a soma mencionada por Monsieur Mignaud, o banqueiro, foi encontrada, em bolsas, no chão. Desejo, então, que você descarte da mente a ideia desproposita de *motivo*, engendrada nos cérebros da polícia em razão dos testemunhos sobre o dinheiro entregue na porta da casa. Coincidências dez vezes mais impressionantes que essa (a entrega do dinheiro e os assassinatos cometidos três dias após seu recebimento) acontecem com todos nós a cada hora de nossa vida sem atrair a menor atenção. Coincidências, em geral, são grandes obstáculos no caminho daquela classe de pensadores aos quais não se ensina nada da teoria de probabilidades — aquela teoria à qual a maioria dos objetivos gloriosos da pesquisa humana devem seus feitos mais gloriosos. No caso presente, se o ouro tivesse sumido, a ocasião de sua entrega três dias antes constituiria algo mais do que uma coincidência. Teria corroborado a ideia de motivo. Contudo, de acordo com as circunstâncias reais do caso, se supusermos que foi o ouro o motivo desse massacre, devemos também imaginar que o criminoso é um idiota tão hesitante que teria abandonado o ouro e, junto, seu motivo.

"Mantendo agora bem em mente os pontos para os quais chamei sua atenção — aquela voz peculiar, a agilidade incomum e a surpreendente ausência de motivo para assassinatos tão singularmente atrozes como esses —, examinemos a carnificina em si. Temos uma mulher morta por estrangulamento manual e forçada chaminé acima, de cabeça para baixo. Assassinos comuns não empregam tais métodos, muito menos se livram das vítimas dessa forma. No modo de forçar o corpo pela chaminé, você terá que admitir que havia algo *excessivamente outré*, algo de todo irreconciliável com nossas noções usuais de ação humana, mesmo quando supomos que os atores sejam os homens mais depravados. Pense, também, em como teria que ser enorme a força capaz de forçar o corpo para *cima* daquela abertura, de modo que o esforço reunido de várias pessoas mal foi capaz de puxá-lo para *baixo*!

"Voltemos, agora, a outros indícios de emprego de um esforço assombroso. Na lareira, havia mechas grossas — muito grossas — de cabelo humano grisalho. Haviam sido arrancadas pela raiz. Você está ciente da enorme força necessária para arrancar assim, da cabeça, mesmo vinte ou trinta fios de cabelo de uma vez. Viu as mechas em questão, tal como eu. Suas raízes (uma visão medonha!) estavam ligadas a fragmentos do couro cabeludo com sangue coagulado — um indício certo do poder prodigioso exercido para arrancar pela raiz talvez meio milhão de fios de uma só vez. A garganta da idosa não estava simplesmente cortada, a cabeça fora absolutamente separada do corpo; o instrumento foi uma mera navalha. Desejo que analise a ferocidade *brutal* desses feitos. Quanto aos hematomas no corpo de Madame L'Espanaye, não direi nada. Monsieur Dumas, e seu valioso coadjutor Monsieur Etienne, declararam que foram infligidos por um objeto obtuso; e até aqui esses cavalheiros estão bastante corretos. O instrumento obtuso trata-se claramente das pedras do pavimento do quintal, sobre as quais a vítima caiu a partir da janela na qual a cama estava encostada. Essa ideia, por mais simples que possa parecer agora, não ocorreu à polícia pelo mesmo motivo que eles não perceberam a largura dos postigos — porque, devido aos pregos, suas percepções foram hermeticamente seladas contra a possibilidade de as janelas sequer terem sido abertas.

"Se agora, além desses fatos, você refletiu adequadamente sobre a desordem estranha do quarto, poderemos combinar as ideias de uma agilidade assombrosa, uma força sobre-humana, uma ferocidade brutal, uma carnificina sem motivo, uma *grotesquerie* de horror absolutamente incompatível com a humanidade e uma voz de tom estrangeiro aos ouvidos de homens de muitas nações e privada de qualquer silabação distinta ou inteligível. Que conclusão, então, se segue? Que impressão eu causei sobre sua mente?"

Senti um arrepio quando Dupin fez a pergunta.

— O crime — falei — foi cometido por um louco. Algum maníaco desvairado, fugido de uma *Maison de Santé*[26] próxima.

— Sob alguns aspectos — respondeu ele —, sua ideia não é ilógica. Mas as vozes dos loucos, mesmo em seus paroxismos mais selvagens, não são comparáveis à voz peculiar ouvida nas escadas. Loucos pertencem a alguma nação, e sua linguagem, por mais incoerentes que sejam as palavras, tem a coerência da silabação. Além disso, o cabelo de um louco não é o que seguro agora. Desembaracei este pequeno tufo dos dedos rigidamente fechados de Madame L'Espanaye. Diga-me o que pensa disso.

— Dupin! — exclamei, deveras perturbado. — Esse cabelo é muito incomum; não é cabelo *humano*.

— Eu não afirmei que é — disse ele —, mas, antes de chegarmos a uma conclusão, desejo que examine o pequeno rascunho que esbocei neste papel. Esse é um desenho *fac-símile* do que foi descrito em parte dos testemunhos como "hematomas escuros e sulcos profundos de unhas" na garganta de Mademoiselle L'Espanaye e, em outra (pelos

---

26 Do francês, "hospício privado". [N. de T.]

Messieurs Dumas e Etienne), como "uma série de manchas lívidas, que claramente consistiam em marcas de dedos".

"Você perceberá", continuou meu amigo, dispondo o papel na mesa à nossa frente, "que esse rascunho dá a ideia de um aperto firme e fixo. Não há sinais de que os dedos *escorregaram*. Cada dedo reteve, possivelmente até a morte da vítima, o aperto terrível que estabeleceu originalmente. Tente, agora, colocar todos os dedos, ao mesmo tempo, nas respectivas impressões que vê aqui."

Fiz a tentativa em vão.

— Talvez não estejamos fazendo o experimento do modo mais justo — disse ele. — O papel está aberto numa superfície plana, mas a garganta humana é cilíndrica. Tome aqui um pedaço de madeira cuja circunferência tem o tamanho aproximado da garganta. Envolva o desenho nele e tente de novo.

Procedi conforme ele pediu, mas a dificuldade ficou ainda mais óbvia que antes.

— Essas não são as marcas de uma mão humana — concluí.

— Agora leia essa passagem de Cuvier — respondeu Dupin.

Era uma descrição anatômica minuciosa do grande orangotango fulvo das ilhas das Índias Orientais. A estatura gigantesca, a força e agilidade prodigiosas, a ferocidade indomável e as tendências imitativas desses mamíferos são bem conhecidas por todos. Entendi todo o horror dos assassinatos de imediato.

— A descrição dos dedos — falei, enquanto terminava de ler — está exatamente de acordo com este desenho. Vejo que nenhum animal, exceto um orangotango da espécie aqui mencionada, poderia ter deixado as marcas que você traçou. Esse tufo de pelos castanhos também é idêntico àquele da fera de Cuvier. Mas não consigo de modo algum compreender os detalhes desse mistério terrível. Além disso, *duas* vozes foram ouvidas em discussão, e uma era, inquestionavelmente, a voz de um francês.

— É verdade, e você se lembrará que uma expressão foi atribuída quase unanimemente, pelas testemunhas, a essa voz: a expressão *"mon Dieu!"*. Nessas circunstâncias, ela foi, com certa razoabilidade, caracterizada por uma das testemunhas (Montani, o confeiteiro) como uma expressão de protesto ou queixa. Nessas duas palavras, portanto, depositei minhas principais esperanças de uma solução completa do enigma. Um francês estava ciente dos assassinatos. É possível — na verdade, mais do que provável — que seja inocente de qualquer parte das atividades sangrentas que ocorreram. O orangotango pode ter fugido dele. Ele pode ter seguido o animal até o quarto; mas, devido às circunstâncias que se seguiram, nunca teria voltado a recapturá-lo. A fera ainda está à solta. Não darei prosseguimento a esses palpites, pois não tenho direito de chamá-los de nada mais, uma vez que as reflexões sobre as quais se baseiam mal têm pro-

fundidade suficiente para torná-los inteligíveis à compreensão de outra pessoa. Vamos chamá-los de palpites, então, e falar deles dessa forma. Se o francês em questão realmente é, como suponho, inocente dessa atrocidade, este anúncio que deixei ontem à noite, quando voltávamos para casa, na redação do *Le Monde* (um jornal dedicado a assuntos marítimos, e muito lido por marinheiros), vai trazê-lo à nossa residência.

Ele me entregou um jornal e eu li o seguinte:

CAPTURADO — No Bois de Boulogne, bem cedo no dia — (a manhã dos assassinatos), um enorme orangotango fulvo da espécie de Bornéu. O dono (que se sabe ser um marinheiro de um navio maltês) pode reavê-lo ao identificá-lo satisfatoriamente e cobrir algumas despesas ocasionadas por sua captura e seus cuidados. Dirigir-se ao nº — na rua —, Faubourg St. Germain — *au troisième*.[27]

— Como é possível saber que o homem é um marinheiro da tripulação de um navio maltês? — perguntei.

— Eu não *sei* de fato — disse Dupin. — Não tenho *certeza*. No entanto, tenho aqui uma fitinha que, pela forma, e pela aparência ensebada, evidentemente foi utilizada para

---

27 Do francês, "no terceiro andar". [N. de T.]

amarrar uma daquelas longas *queues*[28] de que os marinheiros tanto gostam. Além disso, esse é um daqueles nós que poucos sabem dar além dos marinheiros, característico dos malteses. Eu o encontrei na base do para-raios. Não poderia pertencer a nenhuma das falecidas. Mas, se no fim das contas eu tiver me enganado ao deduzir, a partir dessa fita, que o francês era um marinheiro de um navio maltês, ainda assim não terei nos prejudicado ao dizer o que disse no anúncio. Se eu não tiver razão, ele simplesmente vai supor que me equivoquei por alguma circunstância e não se dará ao trabalho de investigar. No entanto, se eu tiver razão, ganhamos uma grande vantagem. Testemunha, embora inocente do assassinato, o francês naturalmente hesitará em responder ao anúncio, em reclamar o orangotango. Assim seguirá seu raciocínio: "Sou inocente; sou pobre; meu orangotango é de grande valor, para alguém em minhas circunstâncias, uma verdadeira fortuna; por que eu deveria perdê-lo devido a apreensões vagas? Aqui está ele, a meu alcance. Foi encontrado no Bois de Boulogne, a boa distância do local da carnificina. Quem suspeitaria de que uma fera perpetrou o ato? A polícia não sabe como proceder; não conseguiu encontrar qualquer pista. Mesmo se identificassem o animal, seria impossível provar que estava ciente do crime, ou me implicar como culpado apenas porque sei que houve um crime. Acima de tudo, *já me conhecem*. O anunciante me desig-

---

28 Do francês, "rabo de cavalo". [N. de T.]

na como o dono da fera. Não estou certo do que mais ele esteja a par. Se eu hesitar em reivindicar uma propriedade de valor tão grande, que já sabem que possuo, vou tornar o animal, no mínimo, propenso a suspeitas. Não seria bom atrair atenção a mim mesmo ou à fera. Responderei ao anúncio, recuperarei o orangotango e o manterei escondido até que tudo isso seja esquecido."

Nesse momento, ouvimos um passo na escada.

— Fique a postos — disse Dupin —, com as pistolas ao alcance, mas não as use nem as mostre até que eu dê um sinal.

A porta da frente tinha sido deixada aberta, e o visitante entrara, sem tocar a campainha, e avançara vários degraus escada acima. Agora, no entanto, parecia hesitar. Logo o ouvimos descer de novo. Dupin encaminhou-se depressa até a porta, mas então o ouvimos subir outra vez. Ele não tornou a recuar, seguindo com passos determinados, e bateu à porta de nosso aposento.

— Entre — disse Dupin, em tom animado e cordial.

Um homem entrou. Era um marinheiro, evidentemente — um homem alto, robusto e musculoso, com uma expressão bastante intrépida, não desprovida de certa beleza. Mais de metade de seu rosto, muito bronzeado, estava escondida pelas suíças e o *mustachio*[29]. Ele trazia um enorme bastão de madeira, mas fora isso parecia desarmado. Fez uma mesura desajeitada e nos desejou um "boa-noite", com um sotaque francês que, embora lembrasse

---

29 Do italiano, "bigode grande". [N. de T.]

um pouco o de Neuchâtel, ainda era um indício seguro de origem parisiense.

— Sente-se, meu amigo — disse Dupin. — Suponho que veio perguntar sobre o orangotango. Sinceramente, quase o invejo por possuir tal animal; um belo espécime e, sem dúvida, muito valioso. Quantos anos supõe que tenha?

O marinheiro respirou fundo, com o ar de alguém que se livrou de um fardo intolerável, então respondeu com firmeza:

— Não tenho como saber, mas não pode ter mais que 4 ou 5 anos. Está com ele aqui?

— Ah, não, não temos estrutura para mantê-lo aqui. Ele está em uma estrebaria na rua Dubourg, aqui perto. Pode pegá-lo pela manhã. Naturalmente está preparado para identificar a propriedade?

— Com certeza, senhor.

— Será uma pena me separar dele — disse Dupin.

— Não é minha intenção tê-lo feito passar por todo esse transtorno a troco de nada — disse o homem. — Não poderia esperar algo assim. Estou bastante disposto a pagar uma recompensa por ter encontrado o animal... quero dizer, uma quantia razoável.

— Bem — respondeu meu amigo —, isso é muito justo, certamente. Deixe-me pensar! O que vou querer? Ah! Já sei. Minha recompensa será esta: o senhor me informará tudo o que sabe sobre aqueles assassinatos na rua Morgue.

Dupin disse as últimas palavras em um tom muito baixo e muito tranquilo. Com a mesma tranquilidade, foi em direção à porta, trancou-a e guardou a chave no bolso. Então sacou uma pistola e pousou-a, sem qualquer alvoroço, sobre a mesa.

O rosto do marinheiro ruborizou, como se ele estivesse sufocando. O homem se ergueu em um pulo e apertou o bastão, mas no momento seguinte caiu de volta em seu assento, tremendo violentamente, parecendo a própria morte. Não falou nada. Compadeci-me do fundo do coração.

— Meu amigo — disse Dupin em tom gentil —, está se alarmando sem necessidade, eu lhe garanto. Não temos más intenções. Juro, com a honra de um cavalheiro e de um francês, que não pretendemos fazer-lhe nenhum mal. Sei muito bem que o senhor é inocente das atrocidades na rua Morgue. Não convém, no entanto, negar que está em alguma medida implicado nelas. Pelo que eu já disse, deve saber que eu tive meios de me informar sobre essa questão; meios que o senhor jamais teria imaginado. Agora a situação é esta: o senhor não fez nada que pudesse ter evitado; nada, certamente, que o torne condenável. Nem sequer foi culpado de roubo, quando poderia ter roubado com impunidade. Não tem nada a esconder. Não tem motivos para esconder nada. Por outro lado, todos os princípios da honra o obrigam a confessar o que sabe. Um homem inocente está preso agora, acusado do crime cujo perpetrador você pode apontar.

O marinheiro recuperara boa parte de sua presença de espírito enquanto Dupin falava; mas sua postura arrojada de antes havia sumido.

— Que Deus me ajude — disse ele após uma breve pausa. — *Contarei* tudo que sei sobre o caso, mas não espero que os senhores acreditem nem em metade; seria um tolo se *esperasse*. Ainda assim, *sou* inocente, e insistirei nisso ainda que custe a minha vida.

O que ele relatou, em essência, foi o seguinte. Ele havia recentemente feito uma viagem ao arquipélago das Índias Orientais. Um grupo, do qual fazia parte, atracou em Bornéu e avançou para o interior em uma excursão turística. Ele e um companheiro capturaram o orangotango. Com a morte desse companheiro, o animal ficou sob sua posse exclusiva. Após grandes dificuldades, ocasionadas pela ferocidade intratável do cativo durante a viagem de volta, ele por fim conseguiu alojá-lo com segurança em sua própria residência em Paris, onde, para não atrair a curiosidade desagradável dos vizinhos, manteve o animal estritamente isolado até que se recuperasse de um ferimento no pé, causado por uma lasca de madeira no navio. Sua intenção era vendê-lo.

EDGAR ALLAN POE

Ao voltar para casa após uma farra com marinheiros na noite, ou melhor, na madrugada dos assassinatos, encontrou a fera em seu próprio quarto, no qual ela irrompera a partir de um armário adjacente, onde estivera, pensava o homem, confinada de forma segura. Empunhando uma navalha e inteiramente coberta de espuma, estava sentada diante de um espelho, tentando barbear-se, operação na qual sem dúvida observara seu mestre através do buraco da chave no armário. Aterrorizado ao ver uma arma tão perigosa na posse de um animal tão feroz, e tão capaz de empunhá-la, o homem, por alguns momentos, não soube o que fazer. No entanto, estava acostumado a aquietar a criatura, mesmo em seus ânimos mais ferozes, com o uso de um chicote, e recorreu a ele nesse momento. Ao ver o instrumento, o orangotango saltou de imediato pela porta do quarto, desceu as escadas e, atravessando uma janela, infelizmente aberta, disparou pela rua.

O francês o perseguiu desesperado; o macaco, ainda empunhando a navalha, vez ou outra parava, olhava para trás e gesticulava para seu perseguidor, até que este quase o alcançasse. Então partia de novo. Desse modo, a perseguição estendeu-se por um bom tempo. As ruas estavam extremamente silenciosas, uma vez que eram quase três da manhã. Ao passar por um beco atrás da rua Morgue, a atenção do fugitivo foi atraída por uma luz brilhando na janela aberta do aposento de Madame L'Espanaye, no quarto andar da casa. Correndo até o prédio, o animal viu o para-raios, escalou-o com uma agilidade inconcebível, agarrou o postigo, que estava inteiramente aberto junto à parede e, por meio dele, balançou-se e saltou direto na cabeceira da cama. A façanha toda não levou sequer um minuto. A janela voltou a abrir com um chute do orangotango quando ele entrou no quarto.

O marinheiro, no meio-tempo, estava igualmente aliviado e perplexo. Tinha fortes esperanças de recapturar a fera, uma vez que não poderia escapar da armadilha na qual caíra, exceto por meio do para-raios, onde poderia ser interceptado ao descer. Por outro lado, havia bons motivos de ansiedade a respeito do que ela poderia fazer na casa. Esta última reflexão incitou o homem a seguir o fugitivo. Um para-raios pode ser escalado sem dificuldade, especialmente por um marinheiro; no entanto, quando chegou na altura da janela, que estava muito à sua esquerda, seu progresso foi interrompido; o máximo que conseguiu fazer foi inclinar-se de modo a obter um vislumbre do interior do quarto. Com esse vislumbre, ele quase soltou o cano diante do horror indescritível. Foi aí que aqueles gritos agudos e medonhos se ergueram na noite, despertando os moradores da rua Morgue. Madame L'Espanaye e a filha, vestindo camisolas, pareciam estar organizando alguns documentos no baú de ferro já mencionado, que fora arrastado para o meio do quarto. Estava aberto, e o conteúdo, espalhado no chão. As vítimas deviam estar sentadas de costas para a janela; e, dado o tempo entre o ingresso da fera e os gritos, parece provável que o animal não tenha sido percebido de imediato. A batida da janela naturalmente teria sido atribuída ao vento.

Enquanto o marinheiro observava, o enorme animal agarrou Madame L'Espanaye pelos cabelos (que estavam soltos, uma vez que ela os estivera penteando) e começou a brandir a navalha diante de seu rosto, imitando os movimentos de um barbeiro. A filha jazia prostrada e imóvel; tinha desfalecido. Os gritos e esforços da idosa (durante os quais seu cabelo foi arrancado) surtiram o efeito de transformar as intenções provavelmente pacíficas do orangotango em ira. Com um golpe determinado do braço musculoso, quase separou a cabeça dela do corpo. A visão do sangue inflamou sua raiva e a transformou em frenesi. Rangendo os dentes, com os olhos faiscando, o animal voou sobre o corpo da jovem e fincou-lhe as temíveis garras na garganta, apertando-a até ela falecer. Seu olhar desvairado e selvagem recaiu nesse momento na cabeceira da cama, sobre a qual divisava-se o rosto de seu dono, congelado de horror. A fúria do animal, que sem dúvida ainda tinha em mente o temível chicote, foi instantaneamente convertida em medo. Ciente de merecer castigo, parecia querer ocultar seus feitos sangrentos, e saltitou pelo quarto numa agonia de agitação nervosa; arremessou e quebrou móveis enquanto se deslocava, e puxou o colchão do estrado da cama. Por fim, apanhou primeiro o corpo da filha e o forçou chaminé acima, onde foi encontrado; então o da idosa, que imediatamente lançou pela janela, de cabeça para baixo.

Conforme o macaco se aproximava do caixilho com seu fardo mutilado, o marinheiro se encolheu horrorizado contra o para-raios e, escorregando mais do que descendo por ele, correu de volta para casa — temendo as consequências da carnificina e abandonando prontamente, em seu terror, qualquer preocupação sobre o destino do orangotango. As palavras ouvidas pelo grupo na escada eram as exclamações de pavor e assombro do francês misturadas com os brados infernais da fera.

Pouco mais tenho a acrescentar. O orangotango deve ter escapado do quarto por meio do para-raios, logo antes de a porta ser arrombada, e ter fechado a janela quando passou. Foi em seguida capturado pelo próprio dono, que obteve por ele uma grande soma no *Jardin des Plantes*.[30] Le Don foi imediatamente solto quando relatamos as circunstâncias do caso (com alguns comentários de Dupin) na delegacia de polícia. Esse funcionário, por mais bem-disposto que estivesse em relação a meu amigo, não conseguiu de todo esconder sua decepção com a guinada dos fatos e começou a lançar um ou outro comentário sarcástico sobre a importância de cada um cuidar da própria vida.

— Deixe-o falar — disse Dupin, que não achou necessário responder. — Deixe-o discursar; isso apaziguará sua consciência, e já fico satisfeito em tê-lo derrotado em seu próprio castelo. No entanto, que ele tenha fracassado em solucionar o mistério não é um fato tão surpreendente quanto o próprio supõe; pois, na realidade, nosso amigo é um tanto esperto demais para ser profundo. Sua sabedoria não tem nenhuma base. Ele é todo cabeça sem corpo, como as representações da deusa Laverna;[31] ou, no melhor dos casos, todo cabeça e ombros, como um bacalhau. Mas é uma boa criatu-

---

30 Criado em 1635 como o Jardim Real de Plantas Medicinais, está localizado no 5º distrito de Paris. [N. de T.]
31 Deusa romana dos ladrões, trapaceiros e do Mundo Inferior. [N. de T.]

ra, no fim das contas. Gosto dele especialmente por sua enorme capacidade de logro, que lhe rendeu sua reputação para a engenhosidade. Refiro-me ao modo que ele tem de *"de nier ce qui est, et d'expliquer ce qui n'est pas"*.[32]

---
[32] "De negar o que é e explicar o que não é." *Nouvelle Héloïse*, de Jean-Jacques Rousseau. [N. do A.]

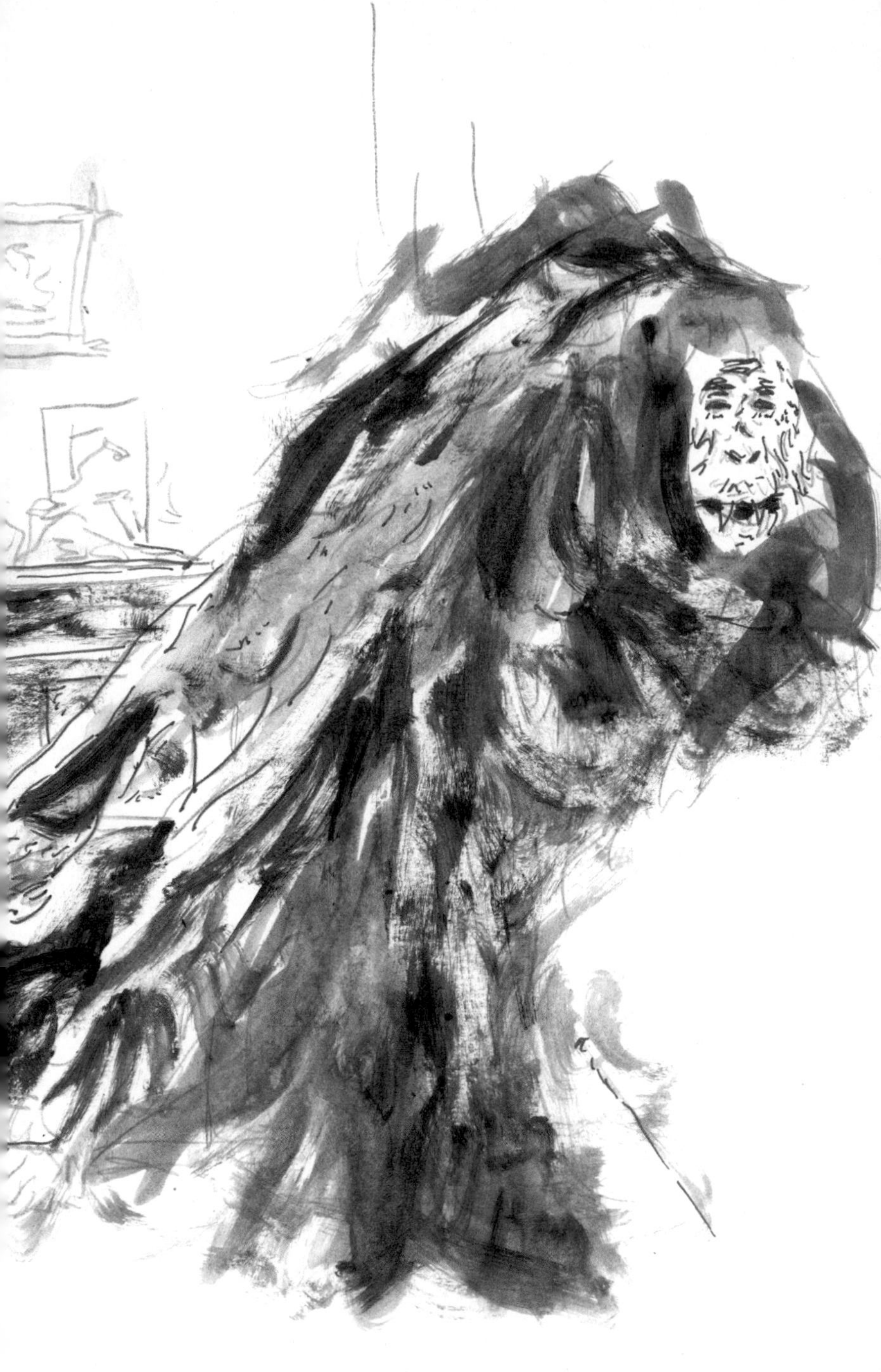

O MISTÉRIO DE MARIE ROGÊT

UMA CONTINUAÇÃO DE "OS ASSASSINATOS NA RUA MORGUE"

NOTA DO AUTOR À EDIÇÃO REVISADA DE 1845

Na ocasião da publicação original de "O mistério de Marie Rogêt", as notas de rodapé acrescentadas aqui foram consideradas desnecessárias; mas o intervalo de vários anos desde a tragédia na qual a narrativa se baseia torna conveniente fornecê-las, assim como dizer algumas palavras a fim de explicar a intenção geral da história. Uma jovem, Mary Cecilia Rogers, foi assassinada perto de Nova York; e, embora sua morte tenha provocado uma longa e intensa agitação, o mistério ainda não tinha sido solucionado quando esta narrativa foi escrita e publicada (em 1842). Sob o pretexto de narrar o destino de uma *grisette*[1] parisiense, o autor registrou minuciosamente os fatos essenciais do assassinato real de Mary Rogers, acrescentando paralelos àqueles não fundamentais. Portanto, todo argumento baseado na ficção aplica-se à verdade, e a descoberta da verdade foi o objetivo. "O mistério de Marie Rogêt" foi escrito a distância da cena do crime, sem outra fonte de investigação exceto as informações fornecidas pelos jornais. Dessa forma, muito escapou ao autor que ele poderia ter utilizado caso estivesse no local e pudesse visitar os lugares citados. Convém registrar, no entanto, que a confissão de duas pessoas (uma delas a Madame Deluc da narrativa), feitas em períodos diversos, muito depois da publicação, confirmaram de todo não apenas a conclusão geral, mas absolutamente todos os principais detalhes hipotéticos pelos quais a conclusão foi atingida.

---
1 Do francês, "jovem trabalhadora que é coquete e paqueradora". [N. de T.]

Es giebt eine Reihe idealischer Begebenheiten, die der Wirklichkeit parallel lauft. Selten fallen sie zusammen. Menschen und zufalle modifieiren gewohulich die idealische Begebenheit, so dass sie unvollkommen erscheint, und ihre Folgen gleichfalls unvollkommen sind. So bei der Reformation; statt des Protestantismus kam das Lutherthum hervor.

Há séries de eventos ideais que correm em paralelo com os reais. Raramente coincidem. Homens e circunstâncias costumam modificar essa sequência ideal de eventos, de modo que parece imperfeita, e suas consequências são do mesmo modo imperfeitas. Foi assim com a Reforma; no lugar do Protestantismo veio o Luteranismo.

Moralische Ansichten — Novalis[2]

---

2 Pseudônimo de Georg Philipp Friedrich Freiherr von Hardenberg (1772--1801), escritor, poeta e filósofo alemão. [N. de T.]

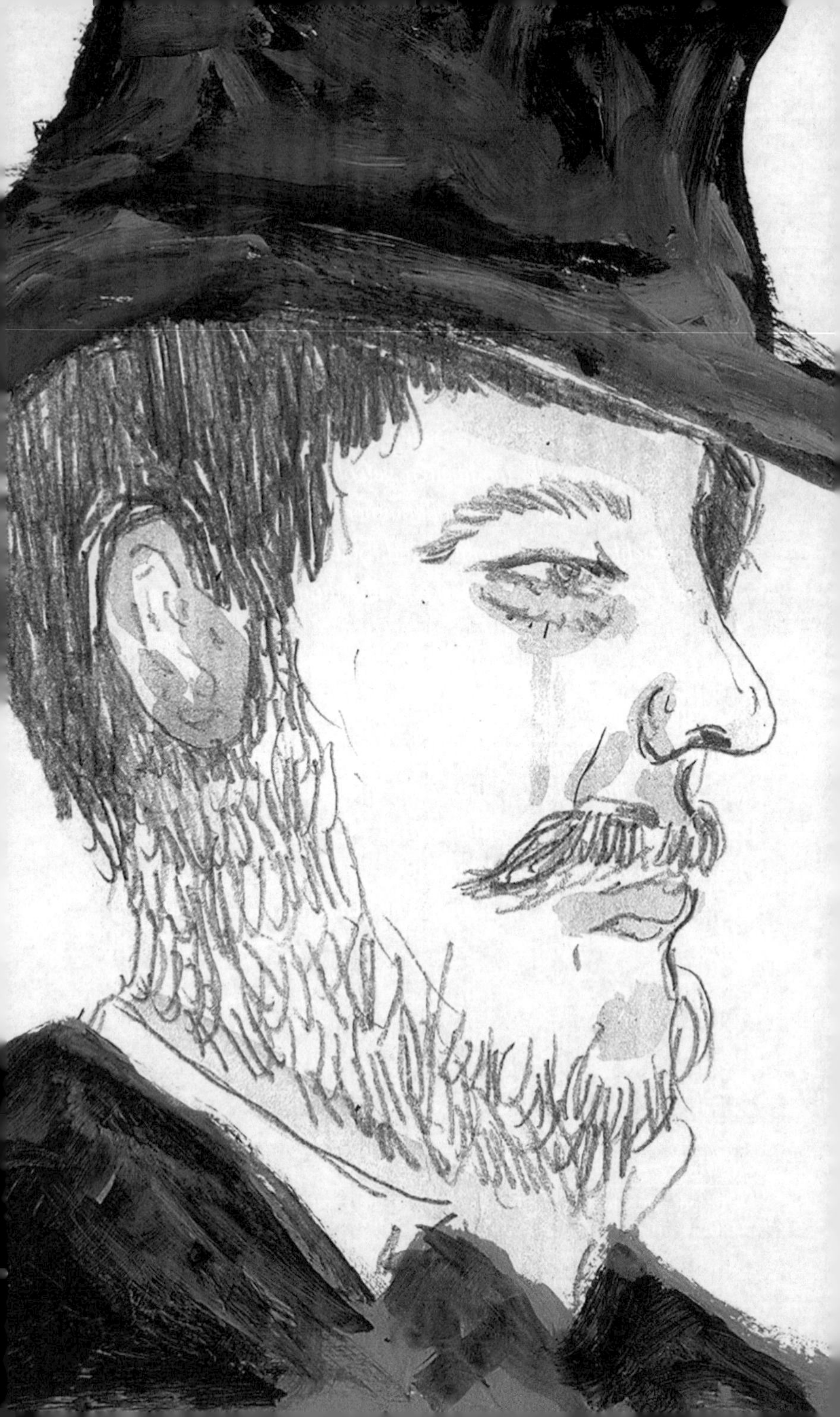

Poucas pessoas, mesmo entre os pensadores mais imperturbáveis, nunca chegaram a sentir uma crença vaga, ainda que empolgante, no sobrenatural, diante de *coincidências* aparentemente tão fantásticas que o intelecto foi incapaz de percebê-las como *meras* coincidências. Tais sentimentos — pois as crenças das quais falo nunca têm a força completa do *pensamento* — raríssimas vezes são abafados por completo, exceto quando atribuídos à doutrina do acaso, ou, como é tecnicamente denominada, ao Cálculo das Probabilidades. Ora, esse Cálculo é, em sua essência, pura matemática; e assim temos a anomalia do que é mais rigorosamente exato na ciência aplicado à sombra e à espiritualidade do que é mais intangível na especulação.

Como se verá, os detalhes extraordinários que sou incentivado a tornar públicos constituem, em relação à sequência temporal, o ramo primário de uma série de *coincidências* quase incompreensíveis, cujo ramo secundário ou conclusivo será reconhecido por todos os leitores como o assassinato recente de Mary Cecilia Rogers, em Nova York.

Quando, há cerca de um ano, em um artigo intitulado "Os assassinatos na rua Morgue", procurei retratar alguns aspectos notáveis do caráter mental do meu amigo, o *chevalier*[3] C. Auguste Dupin, não me ocorreu que chegaria a retomar o assunto. O retrato do caráter constituía meu propósito; e tal

---

3 Do francês, "cavaleiro". Indica alguém que recebeu a condecoração da Ordem Nacional da Legião de Honra. [N. de T.]

propósito foi perfeitamente cumprido pelo relato da delirante sequência de eventos solucionada pelas idiossincrasias de Dupin. Eu poderia ter acrescentado outros exemplos, e nada mais teria sido provado. Eventos recentes, no entanto, em decorrência de seus desenvolvimentos surpreendentes, forneceram-me detalhes adicionais, que possuem o ar de uma confissão extorquida. Após tudo o que ouvi recentemente, seria estranho permanecer calado no que se refere ao que ouvi e vi há tanto tempo.

Em seguida à conclusão da tragédia envolvendo a morte de Madame L'Espanaye e sua filha, o *chevalier* esqueceu o caso de imediato, recaindo em seus velhos devaneios melancólicos. Como também sou propenso à abstração, meu humor logo se alinhou ao dele; e, continuando a ocupar nossos aposentos no Faubourg Saint Germain, relegamos o Futuro aos ventos e cochilamos tranquilamente no Presente, tecendo sonhos do mundo tedioso ao nosso redor.

Mas esses sonhos não se deram inteiramente sem interrupção. Como era natural esperar, o papel interpretado por meu amigo no drama da rua Morgue não deixou de causar certa impressão na polícia parisiense. Entre seus emissários, o nome de Dupin tornou-se famoso. Uma vez que o caráter simples daquelas induções por meio das quais ele desvendou o mistério não foi explicado ao comissário de polícia nem a qualquer outro indivíduo exceto a mim mesmo, não é surpreendente que o resultado tenha sido encarado como pouco menos que milagroso, nem que as habilidades analíticas do *chevalier* tivessem lhe conferido o crédito de ser um homem de intuição. Sua franqueza o teria levado a desenganar de tal equívoco quaisquer curiosos; mas seu humor indolente impossibilitava a retomada de um tópico cujo interesse para si mesmo tinha cessado havia muito. Foi assim que ele se tornou alvo dos olhares políticos; e não poucas vezes tentaram alistar seus serviços na delegacia de polícia. Um dos casos mais notáveis foi aquele do assassinato de uma jovem chamada Marie Rogêt.

Esse evento ocorreu cerca de dois anos após a atrocidade na rua Morgue. Marie, cujo nome cristão e de família logo chamará a atenção por sua semelhança ao da infeliz vendedora de tabaco, era a única filha da viúva Estelle Rogêt. O pai morrera durante a infância da menina, e desde então, até cerca de 18 meses antes do assassinato de que trata a nossa narrativa, mãe e filha moravam juntas na rua Pavée Saint Andrée;* a madame geria ali uma pensão, auxiliada por Marie. A situação continuou assim até esta última completar seu vigésimo segundo aniversário, quando sua grande beleza atraiu a atenção de um perfumista que ocupava uma das lojas no subsolo do Palais Royal e cuja clientela era composta sobretudo pelos aventureiros miseráveis que infestam aquela vizinhança. Monsieur Le Blanc** não estava inadvertido das vantagens trazidas pela presença da bela Marie em sua perfumaria; e suas propostas liberais foram aceitas avidamente pela garota, embora com um tanto mais de hesitação pela madame.

---

* Rua Nassau. [N. de A.]
** Anderson. [N. de A.]

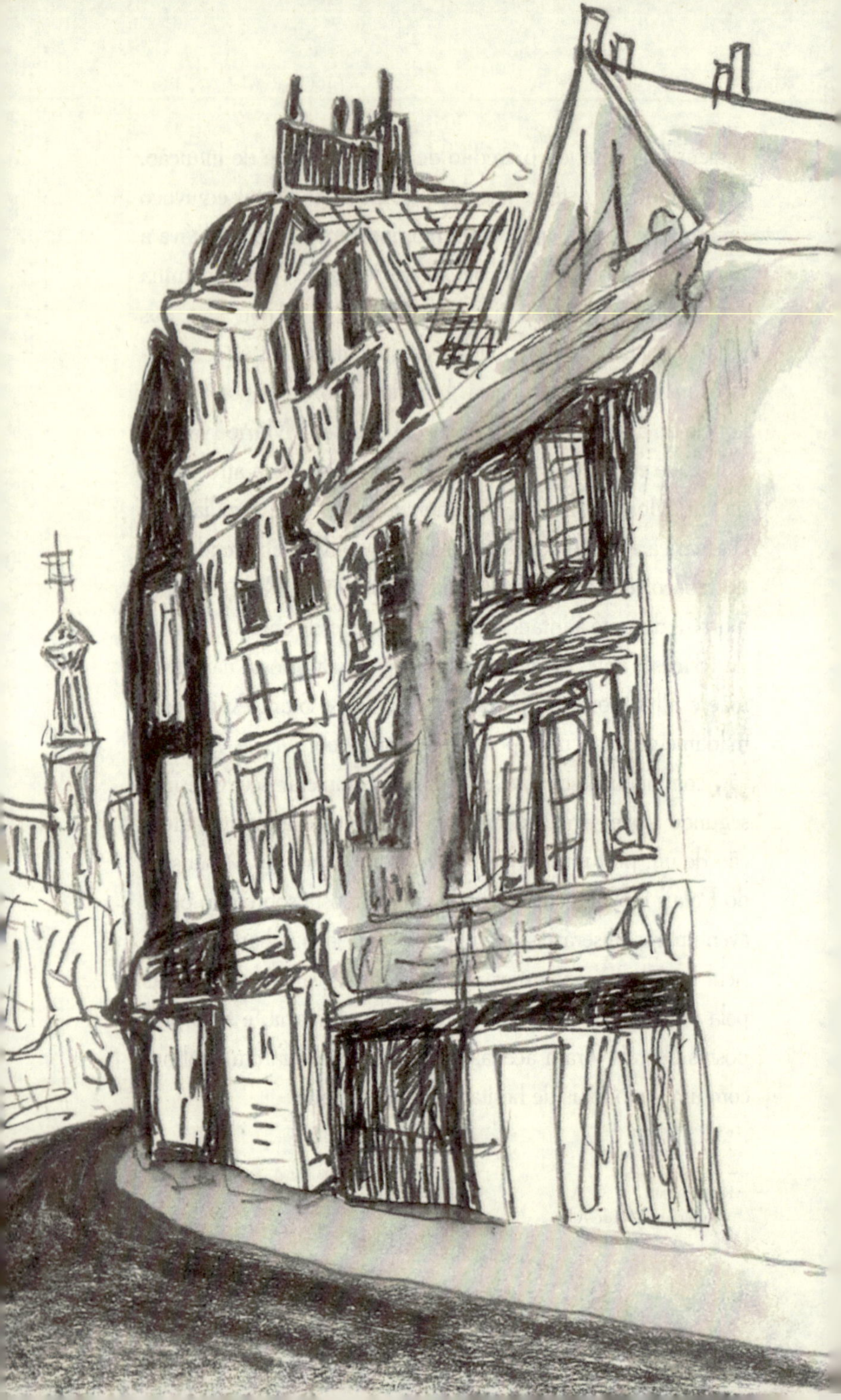

As esperanças do lojista se cumpriram e seu negócio logo se tornou notório graças aos charmes da vivaz *grisette*. Ela trabalhava ali havia cerca de um ano quando seus admiradores ficaram perplexos por ocasião de seu desaparecimento repentino. Monsieur Le Blanc não foi capaz de explicar sua ausência, e Madame Rogêt foi tomada de ansiedade e terror. Os jornais relataram o caso de imediato, e a polícia estava prestes a abrir investigações sérias quando, em uma bela manhã, após um intervalo de uma semana, Marie, em boa saúde, mas com um ar um tanto entristecido, reapareceu no seu balcão de sempre na perfumaria. Como era de se esperar, todas as investigações, exceto as de caráter privado, foram logo interrompidas. Monsieur Le Blanc alegou total desconhecimento, como antes. Marie, como a madame, em resposta a todas as perguntas, disse que tinha passado a semana na casa de um parente no interior. Assim, o caso foi concluído e de modo geral esquecido, pois a garota, aparentemente para se livrar da impertinência dos curiosos, logo deu um *adieu* final ao perfumista e se refugiou na casa da mãe na rua Pavée Saint Andrée.

Cerca de cinco meses após o retorno para casa, seus amigos ficaram mais uma vez alarmados com um segundo desaparecimento súbito. Passaram-se três dias e não se ouviram notícias dela. No quarto dia, seu corpo foi encontrado boiando no Sena[*], perto da margem oposta ao bairro da rua

---

[*] O Hudson. [N. de A.]

Saint Andrée, num ponto não muito distante da isolada Barrière du Roule.*

A atrocidade desse assassinato (pois ficou claro de imediato que ocorrera um assassinato), a juventude e a beleza da vítima e, acima de tudo, sua notoriedade conspiraram para criar uma agitação intensa na mente dos sensíveis parisienses. Não consigo pensar em nenhum outro caso que tenha produzido efeito tão generalizado e tão intenso. Por várias semanas, por ocasião da discussão desse tema fascinante, até os assuntos políticos mais importantes do período foram deixados de lado. O comissário de polícia empenhou-se como nunca; e todos os agentes da polícia parisiense foram, é claro, mobilizados ao máximo.

À descoberta do cadáver, não se imaginou que o assassino pudesse escapar, por mais do que um breve período, do inquérito imediatamente aberto. Só depois de uma semana julgou-se necessário oferecer uma recompensa; e mesmo então essa recompensa limitava-se a mil francos. No meio-tempo, a investigação seguiu com vigor, mesmo que nem sempre com tino, e muitos indivíduos foram interrogados à toa; enquanto isso, devido à ausência contínua de qualquer pista sobre o mistério, o alvoroço popular aumentava cada vez mais. Ao fim do décimo dia, julgou-se recomendável dobrar a soma proposta de início; e, por fim, ao cabo da segunda semana sem novas descobertas, com o preconceito que sempre existe em Paris contra a polícia ma-

---

* Weehawken. [N. de A.]

nifestando-se em vários *émeutes*⁴ sérios, o comissário decidiu oferecer a soma de 20 mil francos "pela condenação do assassino", ou, no caso de ser provado que mais de um estava implicado no caso, "pela condenação de qualquer um dos assassinos". No anúncio que comunicava essa recompensa, perdão completo foi prometido a qualquer cúmplice que se dispusesse a apresentar provas contra seu comparsa; e a tudo isso foi acrescentada, onde quer que o anúncio aparecesse, a oferta privada de um comitê de cidadãos no valor de 10 mil francos além da quantia oferecida pela polícia. A recompensa total, portanto, era nada menos do que 30 mil francos, o que consiste numa soma extraordinária considerando a condição humilde da jovem e a frequência, em cidades grandes, de atrocidades semelhantes à descrita.

Ninguém duvidava então que o mistério seria logo solucionado. No entanto, embora em uma ou duas ocasiões fizessem algumas detenções que prometiam elucidação, não se encontrou nada que implicasse os suspeitos; e eles foram liberados pouco tempo depois. Por mais estranho que pareça, a terceira semana desde a descoberta do corpo passou, sem que qualquer luz fosse lançada sobre o caso, antes que rumores dos eventos que haviam tanto alvoroçado a opinião pública chegassem aos ouvidos de Dupin e aos meus. Envolvidos em pesquisas que absorviam toda a nossa atenção, fazia quase um mês desde que um de nós tinha saído de casa, ou recebido visitas, ou mais do que olhado de relance

---

4 Do francês, "tumulto, levante". [N. de T.]

para as principais manchetes políticas em um dos jornais diários. A primeira notícia do assassinato nos foi trazida por G. em pessoa. Ele nos visitou no início da tarde do dia 13 de julho de 18— e permaneceu conosco até tarde da noite. Estava irritado com o fracasso de todos os seus esforços para encontrar os assassinos. Sua reputação, disse ele, com ar peculiarmente parisiense, estava em risco. Até sua honra estava ameaçada. Os olhos do público caíam sobre ele; e não havia qualquer sacrifício que não estivesse disposto a fazer para avançar na solução do mistério. Concluiu um discurso um tanto enfadonho, elogiando o que ele gostava de chamar de *tato* de Dupin, e fez-lhe uma proposta direta, e certamente generosa, cuja natureza exata não tenho liberdade de revelar, mas que não influencia o objeto de minha narrativa.

Meu amigo refutou o elogio o melhor que pôde, mas a oferta ele aceitou de imediato, embora suas vantagens fossem inteiramente provisórias. Resolvido esse ponto, o comissário não hesitou em oferecer suas próprias opiniões, entremeadas com longos comentários sobre as pistas, das quais ainda não sabíamos nada. Ele falou muito e, sem dúvida, com toda a vantagem da experiência, enquanto eu arriscava palpites ocasionais conforme a monotonia da noite se arrastava. Dupin, sentado ereto em sua poltrona de sempre, era o retrato da atenção respeitosa. Ficou de óculos durante toda a conversa; e alguns olhares significativos por baixo das lentes verdes foram suficientes para me convencer de que ele não dormira menos profundamente que eu, embora em silêncio, ao longo das sete ou oito horas plúmbeas que precederam a partida do comissário.

Pela manhã, obtive na delegacia um relatório completo de todas as provas reunidas e, nas redações de vários jornais, uma cópia de todas as edições nas quais, da primeira à última, fora publicada qualquer informação decisiva sobre o triste caso. Exceto por tudo que fora refutado sem margem de dúvida, esse conjunto de informações trazia o seguinte:

Marie Rogêt deixou a residência da mãe, na rua Pavée St. Andrée, por volta das 9 horas da manhã no domingo, 22 de junho de 18–. Ao sair, comunicou a certo Monsieur

Jacques St. Eustache,* e apenas a ele, sua intenção de passar o dia com uma tia que morava na rua Des Drâmes. A rua Des Drâmes é uma via curta e estreita, embora muito movimentada, que não fica longe das margens do rio, a cerca de 3 quilômetros, na rota mais direta possível, da pensão de Madame Rogêt. St. Eustache era noivo de Marie; ele residia e fazia as refeições na pensão. Ficou acordado que buscaria a noiva ao crepúsculo, para acompanhá-la de volta à casa. À tarde, no entanto, começou uma chuva pesada; e, supondo que ela passaria a noite na casa da tia (como fizera em ocasiões similares no passado), não pensou que fosse necessário manter a promessa. Durante a noite, ouviu-se Madame Rogêt (uma senhora enferma de 70 anos) expressar o temor de que "nunca veria Marie novamente", mas essa observação atraiu pouca atenção naquele momento.

Na segunda-feira, foi constatado que a garota não estivera na rua Des Drâmes; e, quando o dia passou sem notícias, uma busca tardia foi instituída em vários pontos da cidade e nos arredores. No entanto, nenhuma pista a respeito dela foi encontrada até o quarto dia após o desaparecimento. Nesse dia (quarta-feira, 25 de junho), um certo Monsieur Beauvais,** que estivera, com um amigo, perguntando sobre Marie perto da Barrière du Roule, na margem do Sena que se opõe à rua Pavée St. Andrée, foi informado de que um cadáver acabara de ser rebocado à margem

---
* Payne. [N. de A.]
** Crommelin. [N. de A.]

por alguns pescadores que o encontraram boiando no rio. Ao ver o corpo, Beauvais, após certa hesitação, identificou-o como sendo a jovem da perfumaria. Seu amigo a reconheceu mais prontamente.

O rosto estava coberto de sangue escuro, parte dele expelido pela boca. Não se observou espuma, ao contrário do que ocorre com pessoas afogadas. Não havia descoloração no tecido celular. A garganta estava coberta de hematomas e marcas de dedos. Os braços, rígidos e cruzados sobre o peito. A mão direita estava fechada; a esquerda, parcialmente aberta. No punho esquerdo havia duas escoriações circulares, aparentemente causadas por cordas, ou por uma corda na qual fora dada mais de uma volta. Além disso, parte do punho direito estava muito machucada, assim como toda a extensão das costas, sobretudo as escápulas. Para içar o corpo à margem, os pescadores tinham-no amarrado com uma corda; porém, nenhuma das escoriações fora causada por ela. A pele no pescoço estava muito inchada. Não havia cortes aparentes, nem hematomas que parecessem derivados de golpes. Uma faixa de renda tinha sido amarrada com tanta firmeza ao redor do pescoço que não era possível vê-la; estava completamente enterrada na pele e presa com um nó logo abaixo da orelha esquerda. Bastaria isso para causar a morte. O laudo médico falou com convicção do caráter virtuoso da falecida. Ela fora submetida, segundo o documento, a uma violência brutal. A condição do cadáver era tal que não apresentou dificuldades de reconhecimento aos amigos da vítima.

O vestido estava muito rasgado e desalinhado. Uma tira com cerca de 30 centímetros de largura fora rasgada da bainha inferior à cintura, mas não arrancada. Ela circundava três vezes a cintura e prendia-se com uma espécie de nó nas costas. A anágua, logo debaixo do vestido, era de musselina fina; e dela uma faixa com 45 centímetros de largura tinha sido completamente arrancada — arrancada de modo muito preciso e com muito cuidado. Foi encontrada ao redor do pescoço da vítima, enrolada frouxamente, mas presa com um nó firme. Sobre esta anágua de musselina e a faixa de renda, estavam presas as fitas de um *bonnet*[5], com o chapéu ainda conectado a elas. O nó pelo qual as fitas do *bonnet* estavam presas não era como os que fazem as damas, e sim um nó corrediço ou nó de marinheiro.

Depois de reconhecido, o corpo não foi, como é o costume, levado ao necrotério (uma vez que essa formalidade era supérflua), mas logo enterrado perto do local onde o encontraram. Graças aos esforços de Beauvais, o caso foi diligentemente abafado, na medida do possível; vários dias passaram-se antes que houvesse qualquer comoção popular. Um semanário* por fim relatou o ocorrido, no entanto; o corpo foi exumado e uma nova autópsia, realizada; mas nada se descobriu além do que já fora notado. As roupas, entretanto, foram submetidas à mãe e aos

---

5 Tipo de chapéu com abas que cobrem as orelhas e a marcação sob o queixo usado no passado pelas mulheres. [N. de T.]
* O *Mercury*, de Nova York. [N. de A.]

amigos da falecida e identificadas definitivamente como aquelas usadas pela garota ao sair de casa.

Enquanto isso, a excitação aumentava de hora em hora. Vários indivíduos foram detidos e soltos. St. Eustache, em especial, ficou sob suspeita; e não foi capaz, a princípio, de apresentar provas confiáveis de seu paradeiro no domingo em que Marie saiu de casa. Mais tarde, porém, ele entregou ao Monsieur G. declarações de testemunhas que respondiam de modo satisfatório por cada hora do dia em questão. Conforme o tempo passava e não se fazia nenhuma descoberta, mil rumores contraditórios começaram a circular, e os jornalistas passaram a dar *palpites*. Entre esses, o que chamou mais atenção foi a ideia de que Marie Rogêt ainda estava viva — que o corpo encontrado no Sena era de alguma outra infeliz. Convém que eu apresente ao leitor algumas passagens que trazem a sugestão aludida. Essas passagens são traduções literais do *L'Etoile*,* um jornal conduzido, de modo geral, com grande habilidade.

Mademoiselle Rogêt deixou a casa da mãe na manhã de domingo, 22 de junho de 18–, com a intenção ostensiva de visitar a tia, ou algum outro parente, na rua Des Drâmes. Depois disso, não ficou provado que alguém a viu. Não há nenhum rastro nem notícia dela... Ninguém se apresentou, até agora, que a tenha visto naquele dia, após ter

---

* O *Brother Jonathan*, de Nova York, editado por H. Hastings Weld. [N. de A.]

deixado a casa da mãe... Ora, embora não tenhamos provas de que Marie Rogêt estivesse entre os vivos depois das 9 horas do domingo, 22 de junho, temos provas de que, até esse momento, ela estava viva. Ao meio-dia da quarta-feira, um corpo de mulher foi descoberto boiando na margem da Barrière du Roule. Isso teria ocorrido, mesmo presumindo que Marie Rogêt tenha sido jogada no rio três horas após deixar a casa da mãe, apenas três dias após ela sair de casa — três dias exatos. Porém, é sandice supor que o assassinato, se é que ocorreu um assassinato, poderia ter sido cometido rápido o suficiente para que os assassinos jogassem o corpo no rio antes da meia-noite. Os responsáveis por crimes tão horrendos preferem a escuridão à luz... Dessa forma, vemos que, se o corpo encontrado no rio *era* de Marie Rogêt, só poderia ter ficado na água por dois dias e meio, no máximo três. A experiência mostra que corpos de vítimas de afogamento, ou corpos lançados na água imediatamente após uma morte violenta, levam de seis a dez dias para subir à superfície devido à decomposição. Mesmo quando um tiro de canhão faz um cadáver emergir antes de cinco ou seis dias de imersão, ele afunda de novo se não houver interferência. Assim, perguntamos: o que, no caso em questão, teria causado uma ruptura no curso regular da natureza?... Se o corpo tivesse sido mantido em seu estado deplorável até a noite de terça-feira, algum indício dos assassinos teria sido encontrado nas margens. Também é questionável se o cadáver estaria boiando tão pouco tempo depois, mesmo se tivesse sido jogado no rio dois dias após a morte. Ademais, é excessivamente improvável que os vilões que cometeram tal assassinato da forma como supomos tivessem lançado o corpo sem um peso que o fizesse afundar, quando tal precaução teria sido uma medida tão simples.

O editor então começa a argumentar que o corpo devia ter ficado na água "não apenas três dias, mas, pelo menos, o quíntuplo disso", porque estava em tal estado de decomposição que Beauvais tivera grande dificuldade em reconhecê-lo. Esse último ponto, no entanto, foi depois de todo refutado. Continuo a tradução:

Quais são, então, os fatos que levam M. Beauvais a afirmar, sem sombra de dúvida, que o corpo era de Marie Rogêt? Ele rasgou a manga do vestido e disse que viu marcas que o convenceram da identidade da vítima. O público em geral supôs que essas marcas consistiam em algum tipo de cicatriz. Ele esfregou o braço e encontrou *pelos* sobre ele — algo muito impreciso, a nosso ver —, tão pouco conclusivo quanto encontrar um braço na manga. M. Beauvais não retornou naquele dia, mas mandou um recado a Madame Rogêt, às 19 horas da quarta-feira, dizendo que uma investigação sobre a filha ainda estava em andamento. Mesmo se admitirmos que Madame Rogêt, devido à idade e ao luto, não pôde acompanhar a investigação pessoalmente (o que é supor bastante), é certo que alguém teria pensado que valeria a pena ir ao local se

> achassem que o corpo era de Marie. Ninguém fez isso.
> Nada foi dito ou ouvido sobre a questão na rua Pavée St.
> Andrée, nem entre os moradores do mesmo edifício. M.
> St. Eustache, o noivo e futuro marido de Marie, que residia na casa da mãe dela, declara que não ficou sabendo da descoberta do corpo até a manhã seguinte, quando M.
> Beauvais foi até seus aposentos e contou-lhe a respeito.
> Para uma notícia como essa, parece-nos ter sido recebida com considerável tranquilidade.

Desse modo, o jornal tentou criar uma impressão de apatia por parte dos parentes de Marie, inconsistente com a suposição de que esses parentes acreditavam que o corpo fosse dela. Suas insinuações resumem-se ao seguinte: que Marie, com a conivência dos amigos, tinha se ausentado da cidade por motivos que implicam acusações contra sua castidade; e que esses amigos, com a descoberta de um corpo no Sena que se assemelhava um pouco ao da jovem, tinham se valido da oportunidade para convencer o público de sua morte. Contudo, o *L'Etoile* mais uma vez se apressou nas conclusões. Foi provado de modo conclusivo que não houve, como imaginou o jornal, apatia alguma; que Madame Rogêt ficou tão debilitada e agitada que não teve condições de se envolver em qualquer investigação; que St. Eustache, em vez de receber a notícia tranquilamente, entrou num luto profundo e comportou-se de modo tão frenético que M. Beauvais pediu a um amigo e parente que cuidasse dele, impedindo sua presença na exumação. Além disso, embora o *L'Etoile* tivesse afirmado que o poder público arcou com os custos do novo enterro do corpo — tendo a família rejeitado terminantemente uma oferta vantajosa de uma sepultura — e que nenhum membro da família esteve presente na cerimônia — embora, como digo, tudo isso tivesse sido afirmado pelo *L'Etoile* para aumentar a impressão que desejava causar —, *todas* essas alegações foram satisfatoriamente refutadas. Em uma edição posterior do jornal, tentou-se lançar suspeitas sobre o próprio Beauvais. Diz o editor:

> Agora, então, novos fatos emergem. Fomos informados de que, em uma ocasião, enquanto uma tal Madame B. se en-

contrava na residência de Madame Rogêt, M. Beauvais, que estava de saída, disse-lhe que um *gendarme* ia aparecer ali, e que ela, Madame B., não deveria lhe dizer nada até seu retorno, deixando a questão em suas mãos... Na atual conjuntura dos fatos, M. Beauvais parece ter o controle completo do caso. Nenhum passo pode ser tomado sem M. Beauvais; aonde quer que se vá, ele está lá... Por algum motivo, ele determinou que ninguém mais se envolveria com as investigações e tirou do caminho os parentes do sexo masculino da vítima; como eles próprios declararam, de um modo muito singular. Parece ter se mostrado fortemente avesso a deixar que os parentes vissem o corpo.

O fato seguinte avivou a suspeita lançada sobre M. Beauvais: um visitante passara em seu escritório alguns dias antes do desaparecimento da jovem e, durante a ausência dele, observara uma rosa no buraco da fechadura e o nome "Marie" escrito em uma lousa pendurada ali perto.

A impressão geral, pelo que fomos capazes de captar dos jornais, parecia ser a de que Marie fora vítima de uma gangue de malfeitores — que fora levada por eles para o outro lado do rio, maltratada e assassinada. No entanto, o *Le Commerciel*,* uma publicação de grande influência, esforçou-se para combater essa ideia popular. Cito uma ou duas passagens de suas colunas:

---

* O *Journal of Commerce*, de Nova York. [N. de A.]

Estamos convencidos de que a investigação até agora tem seguido um rastro falso, uma vez que está direcionada à Barrière du Roule. É impossível que uma jovem conhecida por milhares de pessoas tenha percorrido três quadras sem que alguém a visse; e qualquer um que a tivesse visto teria se lembrado do fato, pois ela interessava a todos que a conheciam. Ela saiu quando as ruas estavam cheias de gente... É impossível que tenha ido à Barrière du Roule, ou à rua Des Drâmes, sem ser reconhecida por uma dúzia de indivíduos; no entanto, ninguém que a tenha visto fora da casa da mãe se apresentou, e não há provas, exceto o depoimento sobre suas intenções expressas, de que ela sequer tivesse saído. Seu vestido estava rasgado, enrolado ao redor do corpo, e amarrado; e dessa forma o corpo foi carregado como um embrulho. Se o crime tivesse sido cometido na Barrière du Roule, não haveria necessidade para uma medida assim. O fato de que o corpo foi encontrado boiando perto da Barrière não prova onde ele foi jogado na água... Um pedaço de uma das anáguas da infeliz jovem, com 60 centímetros de comprimento e 30 centímetros de largura, foi rasgado e amarrado sob o queixo e por trás da cabeça, provavelmente para evitar que gritasse. Isso foi feito por sujeitos que não carregavam lenços de bolso.

Um dia ou dois antes de o comissário nos visitar, no entanto, chegaram à polícia informações importantes, que pareciam refutar, pelo menos, o principal argumento do

Le Commerciel. Dois garotos, filhos de uma tal Madame Deluc, perambulavam pelo bosque da Barrière du Roule e por acaso adentraram um mato alto, em meio ao qual havia três ou quatro pedras grandes, formando um assento com espaldar e um escabelo. Na pedra superior havia uma anágua branca; na segunda, um lenço de seda. Também encontraram uma sombrinha, luvas e um lenço de bolso. O lenço trazia bordado o nome "Marie Rogêt". Fragmentos de vestido foram descobertos nos arbustos espinhosos ao redor. A terra estava pisoteada, os galhos, quebrados, e havia sinais claros de luta. Entre o matagal e o rio, as cercas tinham sido derrubadas e o chão apresentava indícios de que algum fardo pesado fora arrastado.

Um semanário, o *Le Soleil*,* teceu os seguintes comentários sobre essa descoberta — comentários que apenas ecoavam o sentimento de toda a imprensa parisiense:

---

* O *Saturday Evening Post*, da Filadélfia, editado por C. I. Peterson. [N. de A.]

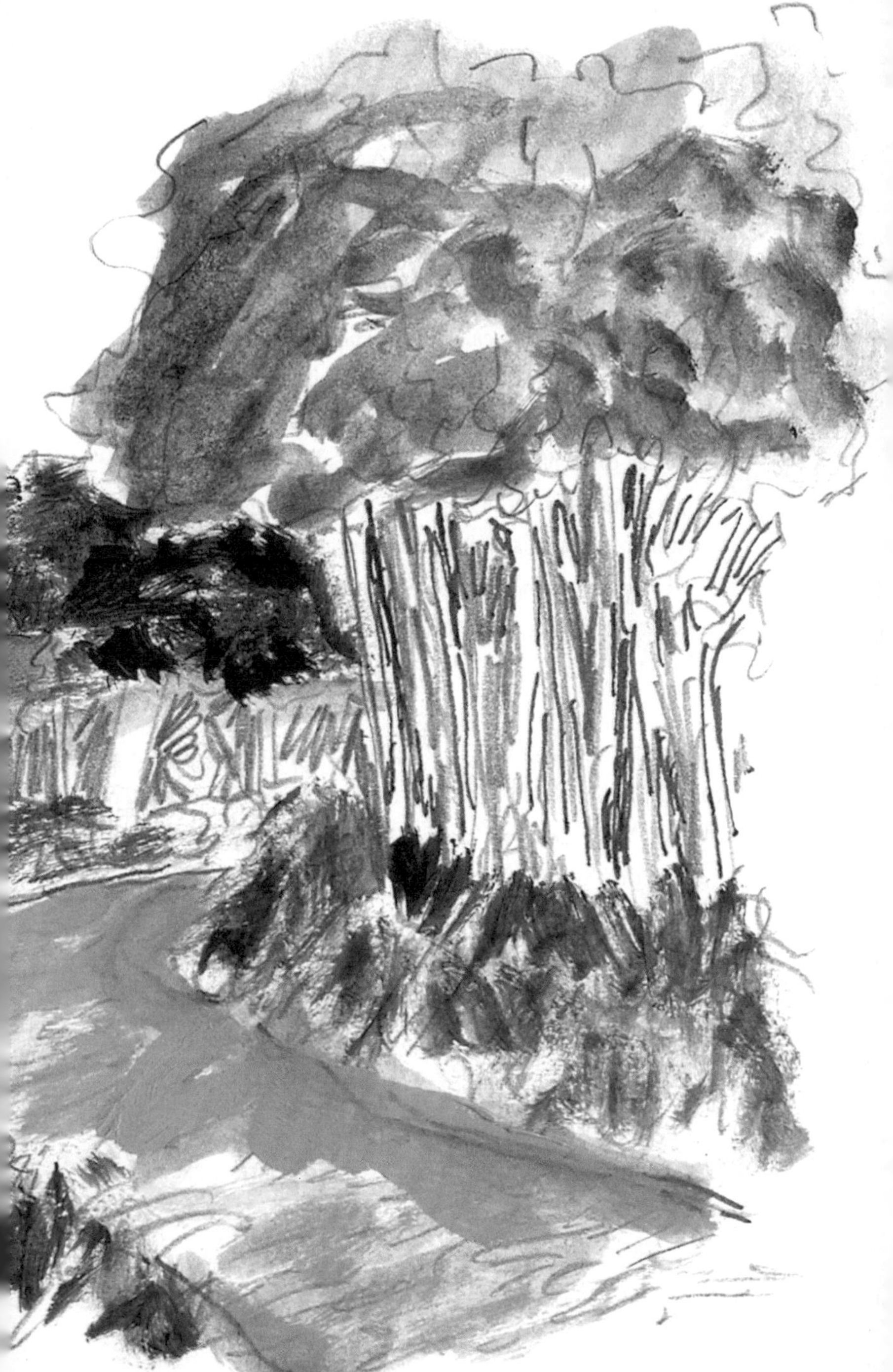

Os itens, evidentemente, passaram ao menos três ou quatro semanas ali; estavam todos embolorados devido à chuva e grudados uns nos outros pelo bolor. A grama tinha crescido ao redor e por cima de alguns deles. A seda da sombrinha era resistente, mas os aros tinham se enroscado por dentro. A parte superior, que tinha sido fechada e dobrada, estava toda embolorada e podre, e rompeu ao ser aberta... As tiras do vestido arrancadas pelos arbustos tinham cerca de 7 centímetros de largura e 15 centímetros de comprimento. Uma delas era a bainha do vestido, que tinha sido remendada; a outra era parte da saia, não da bainha. Pareciam ter sido arrancadas e estavam num arbusto espinhoso, a cerca de 30 centímetros do chão... Não resta dúvida, portanto, de que o local em que fora cometida esta barbaridade foi descoberto.

Pouco depois dessa descoberta, novas provas surgiram. Madame Deluc declarou administrar uma estalagem na beira da estrada, perto da margem do rio que se opõe à Barrière du Roule. A vizinhança é bastante isolada. Aos domingos, é um ponto de encontro usual de patifes da cidade, que atravessam o rio em barcos. Por volta das 15 horas do domingo em questão, uma moça chegou à estalagem acompanhada por um jovem de tez escura. Os dois permaneceram ali por um tempo. Ao partir, tomaram a estrada em direção aos bosques cerrados nos arredores. Madame Deluc reparou em particular no vestido usado pela moça, devido à semelhança com o de uma finada parente. Um lenço também chamou atenção em especial. Logo após a partida do casal, um bando de patifes apareceu; falaram alto, comeram e beberam sem pagar, então seguiram pelo mesmo caminho que o jovem e a garota, retornaram à estalagem no fim da tarde e voltaram a atravessar o rio como se estivessem com muita pressa.

Logo após o pôr do sol, naquela mesma tarde, Madame Deluc e o filho mais velho ouviram os gritos de uma mulher nas redondezas da estalagem. Os gritos foram intensos, porém breves. Madame D. reconheceu não apenas o lenço encontrado no matagal, mas também o vestido que a vítima usava. Um motorista de ônibus, Valence[*], agora também declarava ter visto Marie Rogêt cruzar o Sena numa balsa, no domingo em questão, na companhia de um jovem de tez escura. Ele, Valence, conhecia Marie e não se enganaria quanto a sua identidade. Os itens encontrados no matagal foram identificados pelos parentes de Marie como sendo, com toda certeza, os dela.

Os elementos de prova e as informações que coletei dos jornais, por sugestão de Dupin, abarcavam apenas um ponto além desses — mas, ao que tudo indica, era um ponto de imensa importância. Parece que, logo após a descoberta das roupas já descritas, encontraram o corpo sem vida, ou quase sem vida, de St. Eustache, o noivo de Marie, nos arredores do que agora se supõe ser a cena do crime. Perto dele, encontraram um frasco etiquetado como "láudano", vazio. Seu hálito forneceu provas do veneno. Ele morreu sem falar. Em

---

[*] Adam. [N. de A.]

seu corpo havia uma carta, que afirmava brevemente seu amor por Marie e sua intenção de suicidar-se.

— Nem preciso lhe dizer — começou Dupin, enquanto terminava de examinar minhas notas — que este é um caso bem mais complexo do que aquele da rua Morgue, do qual difere em um aspecto importante. Este é um crime *comum*, embora atroz. Não há nada especialmente *outré* sobre ele. Note que, por esse motivo, o mistério foi considerado simples, quando, pela mesma razão, deveria ter sido considerado de difícil solução. Portanto, num primeiro momento, pensou-se ser desnecessário oferecer uma recompensa. Os mirmidões de G. foram capazes de conceber de imediato como e por que tal atrocidade *poderia ter sido* cometida. Foram capazes de imaginar um modo, muitos modos, e um motivo, muitos motivos; e, como não era impossível que um desses numerosos modos e motivos *pudesse* ser o verdadeiro, presumiram que um deles *deveria* ser. No entanto, a variedade das hipóteses concebidas, a própria plausibilidade de cada uma, deveria ter sido vista como um indicativo das dificuldades, e não das facilidades, para elucidar o mistério. Já observei que é por meio daquilo que se destaca do plano do prosaico que a razão encontra seu caminho, se é que o faz, em sua busca pela verdade, e que a pergunta adequada em casos como esse não é tanto "o que ocorreu?", mas "o que ocorreu que jamais antes ocorrera?". Nas investigações na casa de Madame L'Espanaye,[*] os agentes de G. ficaram desencorajados e

---

[*] Ver "Os assassinatos na rua Morgue". [N. de A.]

confusos exatamente pelas *excentricidades* que, para um intelecto bem regulado, teriam representado o indício mais seguro do sucesso; enquanto esse mesmo intelecto teria mergulhado em desespero com o caráter prosaico de tudo o que envolve o caso da jovem perfumista, e que, no entanto, auspiciava apenas um triunfo fácil aos agentes da polícia.

"No caso de Madame L'Espanaye e da filha, não houve, mesmo no começo de nossa investigação, qualquer dúvida de que tinha ocorrido um assassinato. A ideia de suicídio foi descartada de imediato. Aqui também estamos livres, a princípio, de qualquer suposição de suicídio. O corpo encontrado na Barrière du Roule estava em tais circunstâncias que não deixam margem para dúvida quanto a esse ponto. Mas foi sugerido que o cadáver encontrado não é de Marie Rogêt, por cujo assassino, ou assassinos, a recompensa é oferecida, e em relação a quem, exclusivamente, nosso acordo foi feito com o comissário de polícia. Ambos conhecemos bem esse cavalheiro. Não é recomendável confiar demais nele. Se, começando nossas investigações pelo corpo encontrado, e a partir dele rastrearmos um assassino e descobrirmos que esse corpo é de outro indivíduo que não Marie; ou se, partindo da Marie ainda viva, nós a encontrarmos, embora não assassinada; em ambos os casos, nosso trabalho não valerá de nada, uma vez que é com Monsieur G. que temos que lidar. Para os nossos próprios propósitos, portanto, mesmo que não por aqueles da justiça, é indispensável que nosso primeiro passo seja comprovar que o cadáver encontrado é de Marie Rogêt, que está desaparecida.

"Para o público, os argumentos do *L'Etoile* eram sólidos; e que o jornal em si esteja convencido da importância deles transparece pela maneira como começa uma de suas matérias sobre o assunto: 'Vários jornais matutinos de hoje', diz, 'falam do *conclusivo* artigo no *Etoile* de segunda-feira'. Para mim, esse artigo parece conclusivo de pouca coisa além do zelo do seu redator. Devemos ter em mente que o objetivo dos nossos jornais costuma ser o de criar comoção, defender uma tese, mais do que apoiar a causa da verdade. Esse último objetivo só é perseguido quando parece coincidir com o primeiro. A publicação que meramente repete a opinião comum (por mais bem fundamentada que possa ser) não ganha respeito com as massas. A maioria das pessoas julga profundos apenas aqueles que sugerem *contradições pungentes* com o senso comum. No raciocínio, não menos do que na literatura, é o *epigrama* a forma mais imediata e universalmente apreciada. Em ambos os casos, pertence à mais baixa ordem de mérito.

"O que quero dizer é que foi a mistura de epigrama e melodrama da ideia de que Marie Rogêt ainda está viva, mais do que qualquer plausibilidade real dessa ideia, que sugeriu isso ao *L'Etoile* e lhe garantiu uma recepção favorável por parte do público. Examinemos os principais argumentos do jornal, tentando evitar as incoerências com as quais foram propostos de início.

"O primeiro objetivo do autor é mostrar, pela brevidade do intervalo entre o desaparecimento de Marie e a descoberta do corpo que boiava, que esse corpo não pode ser de Marie. A redução desse intervalo a sua menor dimensão possível tornou-se, de imediato, o objetivo do analista. Na busca precipitada desse objetivo, ele já se apressa em partir de uma mera suposição. 'É sandice supor', diz, 'que o assassinato, se é que ocorreu um assassinato, poderia ter sido cometido rápido o suficiente para que os assassinos jogassem o corpo no rio antes da meia-noite.' Isso nos leva, de modo muito natural, à pergunta: *por quê?* Por que é sandice supor que o assassinato foi cometido 5 *minutos* depois que a garota saiu da casa da mãe? Por que é sandice supor que o assassinato foi cometido em qualquer período do dia? Assassinatos já foram cometidos em todos os horários. Mas, se o assassinato tivesse ocorrido em qualquer momento entre as 9 horas de domingo e 15 para a meia-noite, ainda teria havido tempo de 'jogar o corpo no rio antes da meia-noite'. Essa suposição, portanto, resume-se ao seguinte: que o assassinato não foi cometido no domingo; e, se permitirmos ao *L'Etoile* supor tal coisa, podemos conceder-lhe absolutamente quaisquer liberdades. Podemos imaginar que o parágrafo iniciado por 'É sandice supor que o assassinato' etc., ou como quer que esteja impresso no *L'Etoile*, na verdade tenha existido do seguinte *modo* na mente de seu redator: 'É sandice supor que o assassinato, se é que ocorreu um assassinato, poderia ter sido cometido rápido o suficiente para que os assassinos jogassem o corpo no rio antes da meia-noite; é sandice, afirmamos, supor tudo isso e ao mesmo tempo supor (como estamos decididos a supor) que o corpo *não* foi jogado *antes* de meia-noite', uma frase bastante inconsequente em si mesma, mas não tão completamente absurda como aquela impressa.

"Se fosse o meu propósito", continuou Dupin, "meramente *defender uma tese* contra essa passagem do *L'Etoile*, eu poderia me deter aqui. No entanto, não é o *L'Etoile* que nos interessa, e sim a verdade. A frase em questão tem apenas um significado, como é expressa; e esse significado eu já expliquei de forma convincente; mas é indispensável ir além das meras palavras, até a ideia que essas palavras obviamente pretendiam e falharam em transmitir. O objetivo do jornalista era dizer que, independentemente do período do dia ou da noite em que o assassinato fora cometido no domingo, é improvável que os assassinos se arriscassem a carregar o cadáver até o rio antes da meia-noite. E nisso está, na verdade, a suposição que contesto. Presume-se que o assassinato foi cometido em tal local, e que, sob tais circunstâncias, foi necessário *carregar* o corpo até o rio. Ora, o crime pode ter ocorrido à margem do rio, ou no próprio rio; e, portanto, o cadáver pode ter sido jogado na água em qualquer período do dia ou da noite, sendo esse o modo mais óbvio e imediato de se desembaraçar dele. Entenda que não estou apontando nada disso como provável ou coincidente com minha própria opinião. Meu modelo, até agora, não levou em conta os detalhes do caso. Desejo apenas acautelá-lo contra o tom da *sugestão* do *L'Etoile*, chamando sua atenção para o seu caráter *ex parte*[6] logo de início.

---

6 Do latim, "de uma só parte". Expressão jurídica que indica decisões tomadas apenas com uma das partes presentes. [N. de T.]

"Tendo assim prescrito um limite para se adequar às próprias noções preconcebidas; tendo presumido que, se o corpo fosse de Marie, só poderia ter permanecido na água por um período muito breve, o jornal continua: 'A experiência mostra que corpos de vítimas de afogamento, ou corpos lançados na água imediatamente após uma morte violenta, levam de seis a dez dias para subir à superfície devido à decomposição. Mesmo quando um tiro de canhão faz um cadáver emergir antes de cinco ou seis dias de imersão, ele afunda de novo se não houver interferência'.

"Essas afirmações foram tacitamente aceitas por todos os jornais de Paris, com exceção do *Le Moniteur*.* Esse periódico esforçou-se em contestar apenas o trecho do parágrafo que trata de "corpos de vítimas de afogamento", citando cerca de cinco ou seis casos nos quais os corpos de indivíduos afogados foram encontrados boiando após um intervalo de tempo menor do que o defendido pelo *L'Etoile*. Mas há algo muito pouco filosófico na tentativa do *Le Moniteur* de refutar a generalização do *L'Etoile*, citando casos particulares que contrariam essa generalização. Se tivesse sido possível citar cinquenta em vez de cinco exemplos de corpos encontrados boiando após dois ou três dias, esses cinquenta exemplos ainda poderiam ser encarados apenas como exceções à regra do *L'Etoile*, até que a regra em si fosse refutada. Admitindo-se a regra (e o *Le Moniteur* não a nega, insistindo apenas nas exceções), o argumento do

---

* O *Commercial Advertiser*, de Nova York, editado pelo coronel Stone. [N. de A.]

L'Etoile mantém sua força; pois esse argumento tem a pretensão apenas de defender a *probabilidade* de o corpo ter subido à tona em menos de três dias; e essa probabilidade estará em favor da posição do *L'Etoile* até que os casos tão puerilmente citados sejam em número suficiente para estabelecer uma regra antagonística.

"Você verá de imediato que qualquer argumento contra essa afirmação deverá se opor à regra em si; e com esse fim devemos examinar a *lógica* da regra. Ora, o corpo humano, em geral, não é muito mais leve nem muito mais pesado do que a água do Sena; isto é, o peso específico do corpo humano, em seu estado natural, é aproximadamente igual ao volume de água doce que ele desloca. O corpo de pessoas gordas e carnudas, de ossos pequenos, e em geral os de mulheres, são mais leves do que os de pessoas magras e de ossos grandes, e os de homens; e o peso específico da água de um rio é também influenciado pela presença da maré que vem do mar. Porém, deixando a maré de lado, podemos dizer que poucos corpos humanos chegarão a afundar, mesmo na água doce, *por si sós*. Praticamente qualquer pessoa, ao cair num rio, será capaz de boiar, se permitir que o peso específico da água se equipare com o seu próprio; isto é, se permitir que o corpo inteiro imerja, deixando o mínimo de fora. A posição mais adequada para alguém que não sabe nadar é a ereta, como se caminharia em terra, com a cabeça inteiramente lançada para trás e imersa; com apenas a boca e as narinas acima da superfície. Desse modo, boiamos sem dificuldade e sem esforço. É evidente, no entanto, que o peso do corpo e o do volume de água deslocado devem estar muito equilibrados, e que qualquer perturbação vai levar um ou outro a preponderar. Por exemplo, um braço erguido e, portanto, privado do seu apoio é um peso adicional suficiente para submergir a cabeça inteira, enquanto o apoio acidental de um pequeno pedaço de madeira nos permite elevar a cabeça para olhar ao redor. Ora, quando alguém que não sabe nadar se debate na água, invariavelmente joga os braços para cima ao tentar manter a cabeça perpendicular. O resultado é a imersão da boca e das narinas, e a entrada, durante os arquejos debaixo da superfície, de água nos pulmões. Muita água também vai para o estômago, e o corpo inteiro fica mais pesado pela diferença entre o peso do ar que originalmente distendia essas cavidades e o do fluido que agora as preenche. Essa diferença é suficiente para fazer o corpo afundar, via de regra, mas não basta no caso de indivíduos com ossos pequenos e uma quantidade anormal de matéria flácida ou gordurosa. Tais indivíduos boiam mesmo após o afogamento.

"O cadáver, supondo que esteja no fundo do rio, permanecerá ali até que, por algum motivo, seu peso específico volte a se tornar menor do que aquele do volume de água que desloca. Esse efeito é causado pela decomposição ou por outros fatores. O resultado da decomposição é a geração de gás, que distende os tecidos celulares e todas as cavidades e cria aquela aparência *intumescida* tão horrível. Quando a distensão progrediu tanto que o volume do cadáver aumentou materialmente sem um aumento correspondente de *massa* ou peso, seu peso específico torna-se menor do que aquele da água deslocada, e ele logo emerge na superfície. Contudo, a decomposição é influenciada por inúmeras circunstâncias, apressada ou atrasada por inúmeros agentes; por exemplo, pelo calor ou frio da estação, pela poluição mineral ou pela pureza da água, por sua profundidade ou superficialidade, por sua agitação ou estagnação, pela constituição do corpo, pelo fato de estar infectado ou livre de doenças antes da morte. Portanto, é evidente que não podemos designar um período, fazendo uso da precisão, no qual o corpo vai subir devido à decomposição. Sob certas condições, isso ocorreria dentro de uma hora; sob outras, pode nem ocorrer. Há infusões químicas que permitem preservar o corpo de um animal da corrupção *para sempre*; o bicloreto de mercúrio é uma delas. Mas, além da decomposição, pode haver, e costuma haver, geração de gás no estômago, devido à fermentação acética da matéria vegetal (ou dentro de outras cavidades, por outras causas) suficiente para induzir uma distensão que leve o corpo à superfície. O efeito produzido por um tiro de canhão é uma simples vibração. Ela pode desprender o corpo da lama ou do lodo macio em meio ao qual está inserido, permitindo que suba quando outros agentes químicos já o prepararam para isso; ou pode superar a tenacidade de algumas porções putrefatas do tecido celular, permitindo que as cavidades distendam-se sob a influência do gás.

"Tendo assim, diante de nós, toda a filosofia desse assunto, podemos facilmente confrontá-la com as afirmações do *L'Etoile*. 'A experiência mostra', diz o jornal, 'que corpos de vítimas de afogamento, ou corpos lançados na água imediatamente após uma morte violenta, levam de seis a dez dias para subir à superfície devido à decomposição. Mesmo quando um tiro de canhão faz um cadáver emergir antes de cinco ou seis dias de imersão, ele afunda de novo se não houver interferência.'

"Esse parágrafo inteiro deve agora parecer um conjunto de inconsequências e incoerências. A experiência *não* mostra que *é preciso* de seis a dez dias para que 'corpos de vítimas de afogamento' se decomponham o suficiente para subir à superfície. Tanto a ciência quanto a experiência mostram que o período que levam para emergir é, e necessariamente deve ser, indeterminado. Se, ademais, um corpo foi à tona devido ao tiro de um canhão, *não* 'afunda de novo se não houver interferência', até que a decomposição tenha progredido a ponto de permitir o escape do gás gerado. Mas quero chamar a atenção para a distinção que é feita entre 'corpos de vítimas de afogamento' e 'corpos lançados na água imediatamente após uma morte violenta'. Embora o autor admita a distinção, inclui todos na mesma categoria. Expliquei como o corpo de um homem afogado torna-se especificamente mais pesado do que o volume de água deslocado e que não chega a afundar, exceto se elevar os braços acima da superfície ao se debater e arquejar embaixo da superfície; arquejos que enchem de água os pulmões, nos quais antes havia ar. Porém, essas lutas e esses arquejos não ocorreriam no corpo 'lançado na água imediatamente após uma morte violenta'. Portanto, nesse último caso, *o corpo, via de regra, sequer afundaria*, fato que o *L'Etoile* evidentemente ignora. Quando a decomposição estivesse bastante avançada; quando a pele em grande medida tivesse se desprendido dos ossos; então, de fato, mas não *antes*, perderíamos o cadáver de vista.

"Assim, o que pensar do argumento de que o corpo encontrado não poderia ser o de Marie Rogêt porque, em um intervalo de apenas três dias, ele foi encontrado boiando? Se ela foi afogada, sendo mulher, talvez nunca tivesse afundado; ou, se tivesse afundado, poderia ter reaparecido em 24 horas ou menos. No entanto, ninguém supõe que ela se afogou; e, uma vez que morreu antes de ser jogada no rio, poderia ter sido encontrada boiando em qualquer período posterior.

"'Mas', diz o *L'Etoile*, 'se o corpo tivesse sido mantido em seu estado deplorável até a noite de terça-feira, algum indício dos assassinos teria sido encontrado nas margens.' Aqui, a princípio, é difícil entender a intenção do analista. Ele pretende antecipar o que imagina ser uma objeção a sua teoria, a saber: que o corpo foi mantido em terra por dois dias, sofrendo rápida decomposição, *mais* rápida do que se estivesse imerso na água. Ele supõe que, nesse caso, o corpo *poderia* ter aparecido na superfície na quarta-feira, e pensa que *somente* sob tais circunstâncias ele poderia ter aparecido. Dessa forma, apressa-se a mostrar que *não* foi mantido em terra; pois, se fosse o caso, 'algum indício dos assassinos teria sido encontrado'. Presumo que você esteja sorrindo com o *sequitur*[7]. Não consegue ver como a mera

---

7 Do latim, "conclusão de uma inferência". [N. de T.]

permanência do corpo em terra poderia *multiplicar vestígios* dos assassinos. Eu também não.

"'Ademais, é excessivamente improvável', continua nosso jornal, 'que os vilões que cometeram tal assassinato da forma como supomos, tivessem lançado o corpo sem um peso que o fizesse afundar, quando tal precaução teria sido uma medida tão simples.' Observe a risível confusão de pensamento! Ninguém, nem o *L'Etoile*, questiona que foi cometido um assassinato *no corpo encontrado*. As marcas de violência são óbvias demais. O objetivo do nosso analista é simplesmente mostrar que esse corpo não é de Marie. Ele deseja provar que *Marie* não foi assassinada, não que o corpo não foi. No entanto, sua observação prova apenas o último ponto. Eis um cadáver sem um peso atado. Os assassinos, ao se desembaraçar dele, não teriam deixado de atar a ele um peso. Portanto, o corpo não foi jogado pelos assassinos. Isso é tudo que foi provado, se é que algo foi. A questão da identidade não é sequer abordada, e o *L'Etoile* se esforçou imensamente só para contradizer o que admitira havia um instante. 'Estamos inteiramente convencidos', dizem, 'de que o corpo encontrado é de uma mulher assassinada.'

"Este não é o único caso, mesmo nesta parte do artigo, em que nosso analista acidentalmente argumenta contra si mesmo. Seu objetivo evidente, como eu já disse, é reduzir, tanto quanto possível, o intervalo entre o desaparecimento de Marie e a descoberta do corpo. No entanto, ele *insiste* que ninguém viu a moça desde o momento em que saiu da casa da mãe. 'Não temos provas', diz, 'de que Marie Rogêt estivesse entre os vivos depois das 9 horas do domingo, 22 de junho.' Uma vez que seu argumento é obviamente *ex parte*, ele deveria, ao menos, ter deixado esse ponto de lado; pois, se alguém tivesse visto Marie, digamos, na segunda ou na terça-feira, o intervalo em questão teria sido muito reduzido e, de acordo com seu próprio raciocínio, a probabilidade de que o corpo fosse da *grisette* diminuiria muito. Mesmo assim, é divertido observar que o *L'Etoile* insiste nesse ponto com total convicção de que está comprovando seu argumento geral.

"Retome agora aquela parte do argumento que se refere à identificação do cadáver por Beauvais. Quanto aos pelos no braço, o *L'Etoile* obviamente agiu de má-fé. M. Beauvais, não sendo idiota, jamais teria apontado, ao identificar o cadáver, simplesmente *pelos no braço*. Nenhum braço é *livre* de pelos. O caráter *geral* da expressão do *L'Etoile* é mera perversão da fraseologia da testemunha. Ele deve ter comentado sobre alguma *peculiaridade* dos pelos; provavelmente alguma peculiaridade quanto à cor, à quantidade, ao comprimento ou à situação.

"'O pé dela', diz o jornal, 'era pequeno, assim como milhares de pés. Sua liga não é nenhuma prova, assim como não o são os sapatos, pois tais sapatos e ligas são vendidos em grandes quantidades. O mesmo pode ser dito das flores em seu chapéu. M. Beauvais insiste que a posição do fecho na liga fora modificada para prendê-la. Isso nada significa; pois a maioria das mulheres acha mais apropriado levar um par de ligas para ajustar em casa nos membros em que pretendem usar, em vez de experimentá-las na loja onde fazem as compras.' Aqui é difícil supor que o analista está sendo sincero. Se M. Beauvais, em sua busca pelo corpo de Marie, tivesse descoberto um cadáver que correspondesse em tamanho e aparência gerais à garota desaparecida, teria bons motivos (independentemente da vestimenta) para formar a opinião de que sua busca fora bem-sucedida. Se, além do tamanho e da silhueta gerais, ele encontrasse um aspecto peculiar dos pelos do braço que tivesse observado na Marie viva, sua opinião teria sido compreensivelmente fortalecida; e o aumento de segurança seria proporcional à peculiaridade, ou estranheza, dos pelos. Se, dado que os pés de Marie são pequenos, aqueles do cadáver também o fossem, a probabilidade de identificar o cadáver como Marie aumentaria não apenas em proporção aritmética mas também em uma altamente geométrica ou acumulativa. Acrescente a tudo isso sapatos como os que ela usava no dia do desaparecimento, e, embora esses sapatos possam ser 'vendidos em grandes quantidades', a probabilidade aumenta até beirar a certeza. O que, por si só, não constituiria indício de identidade torna-se, devido a sua posição corroborativa, uma prova muito segura. Considere, em tal caso, flores no cabelo correspondentes àquelas que levava a jovem desaparecida, e não precisamos procurar mais nada. Mesmo apenas *uma* flor seria o bastante; o que dizer então se houver duas ou três ou mais? Cada flor é prova multiplicada; não prova *acrescentada* à prova, mas *multiplicada* centenas ou milhares de vezes. Então descobrimos, na falecida, ligas como as que ela costumava usar, e é quase loucura prosseguir. E essas ligas estão presas por um fecho fora do lugar, do modo como Marie ajustara as suas logo antes de sair de casa. Nesse ponto, é loucura ou hipocrisia duvidar. O que o *L'Etoile* diz a respeito dessa adaptação das ligas ser uma ocorrência comum não demonstra nada exceto sua própria persistência no erro. A natureza elástica dessas ligas já é uma demonstração evidente da *anormalidade* do ajuste. O que é feito para se ajustar sozinho só raramente deve exigir um acerto da parte de quem o usa. Deve ter sido um acidente, no sentido mais estrito, que as ligas de Marie tenham precisado do ajuste descrito. Elas já teriam, sozinhas, sido suficientes para estabelecer sua identidade. Mas não é o fato de que o

corpo foi encontrado com as ligas da garota desaparecida, ou com seus sapatos, e seu *bonnet*, ou as flores no *bonnet*, ou seus pés, ou uma marca peculiar no braço, ou seu tamanho e aspecto gerais... é que o corpo tinha cada um desses indícios, e *todos coletivamente*. Se pudesse ser provado que o editor do *L'Etoile de fato* tinha dúvidas, dadas as circunstâncias, não haveria necessidade, nesse caso, de uma comissão *de lunatico inquirendo*.[8] Ele pensou ser sagaz ecoar a conversa-fiada de advogados, que, em sua maioria, apenas se contentam em ecoar os preceitos quadrados dos tribunais. Eu gostaria de observar aqui que muito do que é rejeitado como prova pelos tribunais consiste nas melhores provas para o intelecto. Pois o tribunal, guiando-se pelos princípios gerais das provas, os princípios reconhecidos e *registrados na lei*, é avesso a desvios em casos particulares. E essa aderência resoluta ao princípio, que rigorosamente descarta a exceção conflitante, é um modo seguro de obter o *máximo* de verdade atingível, em qualquer período prolongado. A prática, em geral, é, portanto, filosófica; mas é também certo que engendra enormes erros individuais.*

---

8 Do latim, "ordem judicial para investigar a sanidade de um indivíduo". [N. de T.]
* "Uma teoria baseada nas qualidades de um objeto evitará que seja desenvolvida de acordo com seus objetivos; e o indivíduo que organizar os tópicos em referência a suas causas deixará de avaliá-los de acordo com seus resultados. Dessa forma, a jurisprudência de todas as nações demonstrará que, quando a lei se torna uma ciência e um sistema, deixa de ser justiça. Os erros aos quais uma devoção cega aos princípios da classificação conduziu o direito comum serão vistos ao observar a frequência com que a legislatura tem sido obrigada a agir a fim de restaurar a equidade que seu esquema a fez perder." – Landor. [N. de A.]

"No que diz respeito às insinuações direcionadas a Beauvais, você estará disposto a desprezá-las num piscar de olhos. Já vislumbrou o caráter real desse bom cavalheiro. É um *bisbilhoteiro*, muito romântico e pouco perspicaz. Qualquer pessoa com essa constituição vai se comportar, por ocasião de algo *de fato* excitante, de modo a levantar suspeitas nos excessivamente argutos ou nos mal-intencionados. M. Beauvais (como transparece em suas notas) realizou algumas entrevistas individuais com o editor do *L'Etoile* e o ofendeu ao mostrar-se da opinião de que o cadáver, a despeito da teoria do editor, era, encarando os fatos sobriamente, de Marie. 'Ele insiste', diz o jornal, 'em afirmar que o corpo é o de Marie, mas não é capaz de oferecer uma circunstância, além daquelas que já comentamos, que leve os outros a acreditar.' Agora, sem insistir no fato de que provas mais contundentes que levassem 'os outros a acreditar' *não* poderiam ter sido apresentadas, gostaria de notar que é possível que alguém creia na identidade da vítima, num caso como esse, e não seja capaz de oferecer qualquer motivo para convencer outra pessoa. Nada é mais vago do que impressões de identificação pessoal. Todo homem é capaz de reconhecer seu vizinho; no entanto, em poucos casos alguém estaria preparado para *apresentar motivos* para esse reconhecimento. O editor do *L'Etoile* não tinha direito de se ofender com a crença sem fundamento de M. Beauvais.

"Veremos que as circunstâncias suspeitas que o cercam condizem bem mais com minha hipótese de uma *bisbilhotice romântica* do que com a sugestão de culpa do analista. Uma vez que adotamos uma interpretação mais generosa, não há dificuldade em compreender a rosa no buraco da fechadura; 'Marie' na lousa; o fato de ter 'tirado do caminho os parentes do sexo masculino' e 'ter se mostrado fortemente avesso a deixar que os parentes vissem o corpo'; a recomendação a Madame B. de que ela não deveria conversar com o *gendarme* até seu retorno (o de Beauvais); e, por fim, sua aparente determinação de que 'ninguém mais se envolveria nas investigações'. Parece-me inquestionável que Beauvais fosse um dos pretendentes de Marie; que ela flertasse com ele; e que ele quisesse passar a impressão de que gozava de sua total intimidade e confiança. Não direi mais nada sobre esse ponto; e, uma vez que as provas refutam inteiramente a afirmação do *L'Etoile* quanto à *apatia* da mãe e de outros parentes, uma apatia inconsistente com sua suspeita de que o corpo fosse da jovem perfumista, devemos agora prosseguir como se a questão da *identidade* tivesse sido respondida de modo satisfatório."

— E o que você acha das opiniões do *Le Commerciel*? — perguntei, então.

— Que, em espírito, merecem muito mais atenção do que qualquer outra publicada sobre o assunto. As deduções a partir das premissas são filosóficas e perspicazes; mas as premissas, em dois casos, estão fundamentadas em observações imperfeitas. O *Le Commerciel* deseja sugerir que Marie foi capturada por uma gangue de meliantes vis perto da casa da mãe. 'É impossível', insistem eles, 'que uma jovem conhecida por milhares de pessoas tenha percorrido três quadras sem que alguém a visse.' Essa é a ideia de um homem que reside há muito tempo em Paris, um homem público, cujas caminhadas pela cidade estiveram limitadas sobretudo aos arredores dos edifícios públicos. *Ele* sabe que raramente percorre uma dúzia de quadras na vizinhança do próprio escritório sem ser reconhecido e abordado. E, com base no número de conhecidos, e de pessoas que o conhecem, compara sua notoriedade com aquela da perfumista e não vê grande diferença entre elas, chegando de imediato à conclusão de que a moça, em suas caminhadas, estaria sujeita ao mesmo reconhecimento. Esse seria o caso se as caminhadas dela tivessem o mesmo caráter invariável e metódico, e fossem realizadas dentro de uma região limitada como são as dele. Ele caminha para lá e para cá, em intervalos regulares, em uma cercania limitada, que abunda em indivíduos levados a notar sua presença devido a interesses relacionados aos seus. Mas podemos supor que as caminhadas de Marie, em geral, fossem errantes. Nesse caso em particular, o mais provável é que ela tenha estabelecido uma rota ainda mais divagante que de costume. O paralelo que imaginamos existir no raciocínio do *Le Commerciel* só se sustentaria se os dois indivíduos atravessassem a cidade toda. Nesse caso, aceitando que os conhecidos fossem em igual número, as chances de que ocorresse um mesmo número de encontros também seriam idênticas. De minha parte, considero não apenas possível, mas muito mais do que provável, que Marie possa ter percorrido, em qualquer período do dia, qualquer um dos muitos caminhos possíveis entre sua própria residência e a da tia sem encontrar um único indivíduo que conhecesse ou por quem fosse reconhecida. Para elucidar ainda melhor a questão, devemos manter em mente a grande desproporção entre o número de conhecidos até mesmo do indivíduo mais destacado de Paris e a população total da cidade.

"Porém, qualquer força que ainda pareça existir na sugestão do Le Commerciel minguará muito quando levarmos em consideração *o horário* em que a garota saiu de casa. 'Ela saiu', diz Le Commerciel, 'quando as ruas estavam cheias de gente.' Só que não é o caso. Eram 9 horas da manhã. Certo, às 9 horas de toda a semana, *com a exceção do domingo*, as ruas da cidade estão, de fato, lotadas. Mas, às 9 horas do domingo, a população está sobretudo dentro de casa *preparando-se para ir à igreja*. Nenhuma pessoa observadora deixaria de notar a atmosfera particularmente deserta da cidade das 8 até as 10 horas da manhã de todo sabá. Entre as 10 e as 11 há uma multidão nas ruas, mas não tão cedo quanto no intervalo designado.

"Há outro ponto no qual parece haver uma deficiência de *observação* por parte do Le Commerciel. 'Um pedaço', dizem, 'de uma das anáguas da infeliz jovem, com 60 centímetros de comprimento e 30 centímetros de largura, foi rasgado e amarrado sob o queixo e por trás da cabeça, provavelmente para evitar que gritasse. Isso foi feito por sujeitos que não carregavam lenços de bolso.' Se essa ideia tem ou não fundamento, analisaremos mais tarde; no entanto, por 'sujeitos que não carregavam lenços de bolso', o editor pretende indicar a classe mais baixa dos rufiões. Esses, no entanto, são precisamente aqueles indivíduos que sempre terão lenços, mesmo quando privados de camisas. Você deve ter tido oportunidade de observar como se tornaram absolutamente indispensáveis, nos últimos anos, ao verdadeiro patife, os lenços de bolso."

— E o que devemos pensar — perguntei — do artigo no *Le Soleil*?

— Que é uma grande pena seu autor não ter nascido papagaio, pois nesse caso teria sido o mais ilustre de sua espécie. Ele tão somente repetiu os argumentos das opiniões já publicadas; coletando-as, com diligência louvável, de um e de outro jornal. 'Os itens, *evidentemente*, passaram ao menos três ou quatro semanas ali; *não resta dúvida*, portanto, de que o local em que fora cometida a barbaridade foi descoberto.' Os fatos reafirmados pelo *Le Soleil* estão muito longe de sanar minhas próprias dúvidas sobre o assunto, e os examinaremos em mais detalhes quando tratarmos de outro aspecto do caso.

"Por enquanto, devemos nos ocupar com outras questões. Você não pode ter deixado de notar que o exame do corpo foi feito de modo muito negligente. Certo, a questão da identidade foi logo determinada, ou deveria ter sido; mas há outros pontos a serem avaliados. A vítima teve algo *roubado*? Levava joias consigo ao sair de casa? Em caso positivo, usava alguma ao ser encontrada? Essas são questões importantes que foram de todo ignoradas pelas investigações; e há outras de igual relevância que não receberam atenção alguma. Devemos buscar as respostas por meio de nossas próprias perguntas. O caso de St. Eustache deve ser reexaminado. Não tenho suspeitas contra ele; mas convém proceder com método. Confirmemos, além de qualquer dúvida, a validade dos depoimentos sobre seu paradeiro no domingo. Depoimentos dessa natureza podem facilmente desencaminhar uma investigação. Se não houver nada errado neles, no entanto, poderemos deixar St. Eustache de lado. Seu suicídio, que pode corroborar suspeitas se identificarmos mentiras nos depoimentos, não é, sem tais mentiras, uma circunstância inexplicável de forma alguma, nem algo que deva nos desviar da linha de análise regular.

"Agora proponho que ignoremos os pontos intrínsecos à tragédia e nos concentremos nos exteriores. Um dos erros mais comuns, em investigações como essa, é limitar os inquéritos aos aspectos imediatos, desprezando por completo os eventos colaterais ou circunstanciais. Os tribunais são negligentes ao limitar as provas e as discussões ao que parece ser relevante. A experiência mostra, e uma verdadeira filosofia sempre mostrará, que uma parte vasta da verdade, talvez a maior, emerge daquilo que aparenta ser irrelevante. É através do espírito desse princípio, se não precisamente ao pé da letra,[9] que a ciência moderna procura *prever os imprevistos*. Mas talvez você me compreenda mal. A história do conhecimento humano tem mostrado, de modo contínuo, que devemos a eventos colaterais, ou incidentais, ou aciden-

---

9 No original, "It is through the spirit of this principle, if not precisely through its letter", uma referência à Epístola de São Paulo aos Romanos 7:6. [N. de T.]

tais, algumas das mais numerosas e valiosas descobertas já feitas, de maneira que se tornou necessário, para obter qualquer prospectiva de avanço, fazer concessões muito amplas a descobertas que ocorrem por acaso e de todo fora da gama de expectativa comum. Já não é filosófico basear-se no que foi uma visão do que será. O *acidente* é admitido como parte da subestrutura. Tornamos o acaso uma questão de cálculo absoluto. Submetemos aquilo que não foi procurado nem imaginado à *formulae* matemática das escolas.

"Repito que é um fato comprovado que a *maioria* das verdades nasceu do colateral; e é apenas de acordo com o espírito do princípio envolvido nesse fato que desvio a investigação, no caso presente, do terreno percorrido e até aqui infrutífero do evento em si para as circunstâncias contemporâneas que o cercam. Enquanto você determina a validade das declarações, vou ampliar o exame que você fez até agora dos jornais. Por enquanto, só fizemos um reconhecimento do campo de investigação; mas será de fato estranho se uma análise minuciosa das publicações, tal como proponho, não fornecer alguns detalhes que apontem uma *direção* para nossa investigação."

Atendendo à sugestão de Dupin, fiz um exame escrupuloso dos depoimentos. O resultado foi uma firme convicção de sua validade e da consequente inocência de St. Eustache. Enquanto isso, meu amigo se dedicou — com o que me parecia uma minuciosidade desnecessária — ao escrutínio dos vários jornais arquivados. Ao fim da semana, ele dispôs diante de mim os seguintes excertos:

Há cerca de três anos e meio, uma agitação muito similar à atual foi causada pelo desaparecimento desta mesma Marie Rogêt da *parfumerie* de Monsieur Le Blanc no Palais Royal. Ao fim da semana, no entanto, ela reapareceu em seu *comptoir*[10] costumeiro, sã e salva, exceto por uma leve palidez um tanto incomum. Monsieur Le Blanc e a mãe dela declararam que a moça fora simplesmente visitar uma amiga no interior; e o caso foi logo abafado. Supomos que a ausência atual seja um desvio da mesma natureza e que, após uma semana, ou talvez um mês, ela esteja entre nós novamente. — *Jornal da Tarde*, segunda-feira, 23 de junho.[*]

Um jornal vespertino de ontem referiu-se a outro desaparecimento misterioso de Mademoiselle Rogêt. É de conhecimento geral que ela passou a semana em que esteve ausente da *parfumerie* de Le Blanc na companhia de um jovem oficial da Marinha muito conhecido por seus hábitos libertinos. Supõe-se que um desentendimento providencial a fez voltar

---

10 Do francês, "balcão". [N. de T.]
[*] O *Express*, de Nova York. [N. de A.]

para casa. Sabemos o nome do casanova em questão, que está, no momento, servindo em Paris, mas, por motivos óbvios, evitaremos publicá-lo. — *Le Mercurie*, manhã de terça-feira, 24 de junho.*

Um crime do maior caráter atroz foi cometido nos arredores desta cidade anteontem. Um cavalheiro, com a esposa e a filha, contratou ao crepúsculo os serviços de seis jovens que remavam um barco à toa, perto das margens do Sena, para que os levassem ao outro lado do rio. Ao chegar à margem oposta, os três passageiros desembarcaram, e já estavam além do alcance da vista do barco quando a filha percebeu que esquecera a sombrinha. Ela voltou para buscá-la, foi sequestrada pela gangue, levada rio acima, amordaçada, brutalizada e, por fim, deixada na margem em um ponto não distante daquele no qual originalmente embarcara com os pais. Os vilões ainda estão à solta, mas a polícia está em seu encalço e logo serão capturados. — *Jornal da Manhã*, 25 de junho.**

Recebemos uma ou duas mensagens cujo objetivo era atribuir o crime recente a Mennais***; mas, como esse cavalheiro foi inteiramente exonerado por uma investigação local, e os argumentos de nossos vários correspondentes parecem ser mais

---

* O *Herald*, de Nova York. [N. de A.]
** O *Courier and Inquirer*, de Nova York. [N. de A.]
*** Mennais foi um dos suspeitos originalmente presos, depois solto devido à completa ausência de provas. [N. de A.]

zelosos do que bem fundamentados, não julgamos recomendável torná-los públicos. — *Jornal da Manhã*, 28 de junho.*

Recebemos diversas mensagens muito incisivas, ao que tudo indica de fontes diversas, que praticamente confirmam a hipótese de que a infeliz Marie Rogêt foi vítima de um dos numerosos bandos de patifes que infestam as redondezas da cidade aos domingos. Nossa própria opinião é decididamente a favor dessa suposição. A seguir, procuraremos expor alguns desses argumentos. — *Jornal da Tarde*, terça-feira, 31 de junho.**

Na segunda-feira, um dos barqueiros que trabalham com o fixo viu um barco vazio boiando no Sena. Velas jaziam no fundo. O homem o rebocou até o escritório do serviço de barcaças. Na manhã seguinte, foi levado de lá sem o conhecimento de nenhum dos funcionários. O leme está agora no escritório. — *Le Diligence*, quinta-feira, 26 de junho.***

Os vários fragmentos me pareceram irrelevantes, e não consegui perceber de que modo qualquer um deles poderia se relacionar ao caso. Aguardei uma explicação de Dupin.

— Por enquanto — disse ele —, não pretendo me *demorar* no primeiro e no segundo desses excertos. Eu os copiei sobretudo para lhe mostrar o extremo descuido da

---

* O *Courier and Inquirer*, de Nova York. [N. de A.]
** O *Evening Post*, de Nova York. [N. de A.]
*** O *Standard*, de Nova York. [N. de A.]

polícia, que, até onde consegui descobrir por meio do comissário, não se deu ao trabalho de investigar o oficial da Marinha mencionado. No entanto, é um disparate completo dizer que não há uma conexão *possível* entre o primeiro e o segundo desaparecimento de Marie. Admitamos que a primeira fuga tenha terminado em um desentendimento entre os enamorados e o retorno para casa da moça ultrajada. Ficamos então predispostos a ver uma segunda *fuga* (se *soubermos* que ocorreu outra fuga) como sinal de uma retomada das investidas do primeiro sujeito, e não como o resultado de novas investidas de um segundo indivíduo. De maneira que tendemos a encarar o fato como uma "reconciliação" do antigo *amour*, em vez do início de um novo. As probabilidades são de dez para um de que o indivíduo com quem Marie fugiu antes tenha proposto uma nova fuga; muito mais improvável que ela, que já recebera propostas de fuga de um indivíduo, as tenha recebido também de outro. E aqui me permita chamar sua atenção para o fato de que o tempo transcorrido entre a primeira fuga, comprovada, e a segunda, suposta, é de alguns meses a mais do que a duração média das viagens dos nossos navios de guerra. Será que o enamorado foi interrompido em sua primeira vilania pela necessidade de partir e, assim que retornou, renovou as intenções vis ainda não cumpridas, ou não cumpridas por *ele*? De tudo isso, não sabemos nada.

"Você dirá, no entanto, que no segundo caso *não* houve uma fuga como imaginado. Certamente não houve, mas estamos preparados para dizer que não houve a intenção frustrada de uma fuga? Além de St. Eustache, e talvez de Beauvais, não encontramos nenhum pretendente reconhecido, honesto e honrado de Marie. De nenhum outro qualquer coisa foi dita. Quem, então, é o enamorado secreto sobre o qual os parentes (*ou, ao menos, a maioria deles*) nada sabe, mas que Marie encontrou na manhã de domingo, e que desfruta de tal modo da sua confiança que ela não hesitou em permanecer com ele até que as sombras da noite caíssem entre as árvores solitárias da Barrière du Roule? Quem é esse enamorado secreto, eu pergunto, de quem pelo menos a *maioria* dos parentes nada sabe? E o que significa aquela profecia singular de Madame Rogêt na manhã em que Marie partiu? 'Temo que nunca verei Marie novamente.'

"No entanto, mesmo se não pudermos imaginar que Madame Rogêt estava ciente da intenção de fuga, não é possível ao menos supor que essa intenção foi considerada pela jovem? Ao sair de casa, ela avisou que ia visitar a tia na rua Des Drâmes e pediu a St. Eustache que a encontrasse à noite. Ora, à primeira vista, esse fato contraria fortemente a minha sugestão; mas reflitamos. Que ela *encontrou* algum companheiro e atravessou o rio com ele, chegando à Barrière du Roule só às 15 horas, é fato comprovado. Porém, ao consentir em acompanhar esse indivíduo (*por qualquer propósito — conhecido ou desconhecido à mãe*), ela deve ter pensado na intenção que expressou ao sair de casa, assim como na surpresa e na suspeita que suscitaria no peito de seu noivo, St. Eustache, quando, ao ir encontrá-la na hora combinada na rua Des Drâmes, descobrisse que ela não aparecera lá, e quando, além disso, ao retornar à pensão com essa informação alarmante, ficasse sabendo da sua ausência o dia todo. Repito, ela deve ter pensado nessas coisas. Deve ter previsto a decepção e as suspeitas de St. Eustache. Nunca teria considerado voltar e enfrentar essas suspeitas; mas as suspeitas tornam-se um ponto de importância trivial se supormos que ela *não* pretendia retornar.

"Podemos imaginá-la pensando o seguinte: 'Vou encontrar certa pessoa com o propósito de fugir, ou por outros propósitos que apenas eu mesma conheça. É necessário que não haja risco de interrupção; precisamos de tempo suficiente para evitar perseguições; vou dar a entender que visitarei minha tia e que passarei o dia com ela na rua Des Drâmes; direi a St. Eustache que só venha me buscar à noite; desse modo, estará garantida minha ausência de casa pelo maior período possível, sem causar suspeita ou ansiedade, e ganharei mais tempo do que obteria de qualquer outra forma. Se pedir a St. Eustache que me encontre à noite, ele certamente não aparecerá antes disso; mas, se eu não marcar nenhum encontro com ele, meu tempo de fuga ficará reduzido, já que será esperado que eu retorne mais cedo, e mais rápido minha ausência provocará ansiedade. Agora, se fosse meu propósito retornar *em algum momento*, se eu estivesse contemplando apenas um passeio com o indivíduo em questão, não pediria a St. Eustache que me encontrasse; pois, ao me procurar, ele *certamente* perceberia que eu o enganara, fato a respeito do qual posso mantê-lo para sempre na ignorância, saindo de casa sem avisá-lo de minha intenção, voltando antes do anoitecer e, então, afirmando que fui visitar minha tia na rua Des Drâmes. Mas, como minha intenção é *não* retornar, ao menos por algumas semanas, ou até que eu consiga ocultar certos fatos, o ganho de tempo é o único ponto sobre o qual preciso me preocupar.'

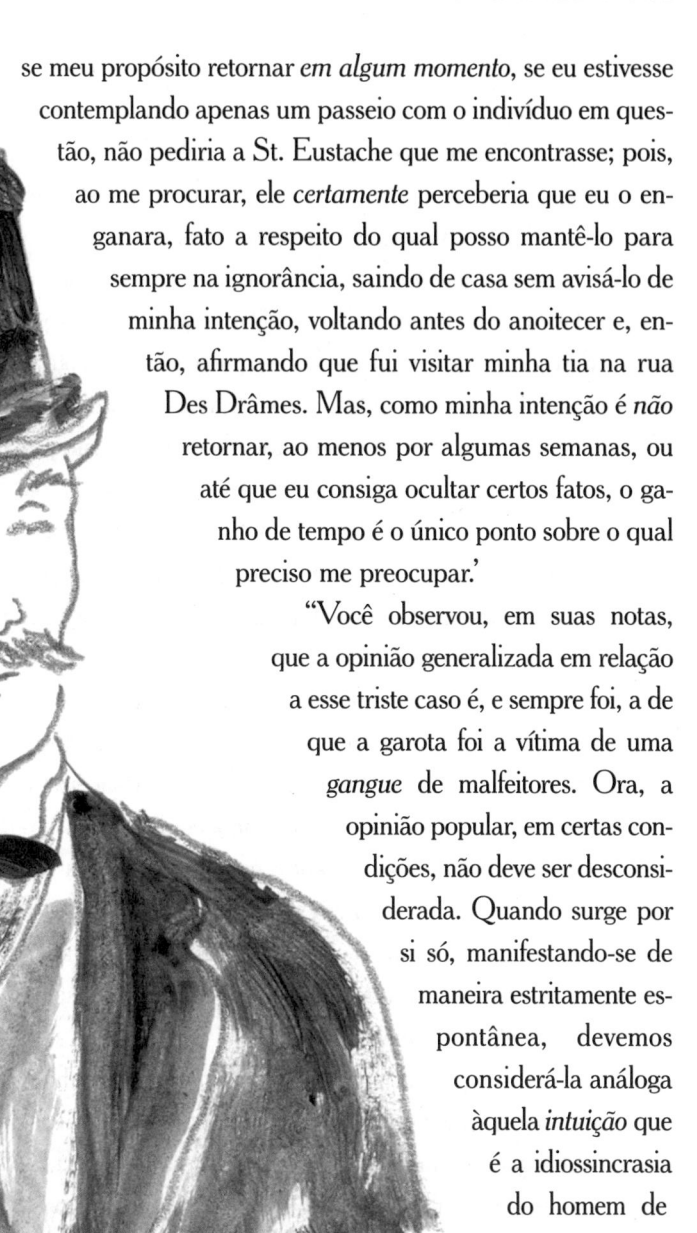

"Você observou, em suas notas, que a opinião generalizada em relação a esse triste caso é, e sempre foi, a de que a garota foi a vítima de uma *gangue* de malfeitores. Ora, a opinião popular, em certas condições, não deve ser desconsiderada. Quando surge por si só, manifestando-se de maneira estritamente espontânea, devemos considerá-la análoga àquela *intuição* que é a idiossincrasia do homem de gênio. Em 99 por cento dos casos, eu aceitaria sua sentença. Porém, é importante não encontrarmos nenhum traço palpável de *sugestão*. A opinião deve ser rigorosamente *do povo*; e a distinção é com frequência muito difícil de perceber e sustentar. No caso atual, parece-me que essa 'opinião pública' a respeito de uma gangue foi incitada pelo evento colateral detalhado no terceiro dos meus fragmentos. Toda a Paris está em polvorosa com a descoberta do corpo de Marie, uma jovem bonita e notória. Esse corpo é encontrado com marcas de violência, boiando no rio. Mas então ficamos sabendo que, no exato período em que se supõe que a jovem tenha sido assassinada, ou por volta dele, uma barbaridade de natureza similar àquela sofrida pela falecida, embora menos grave, foi cometida por uma gangue de jovens rufiões contra uma segunda moça. É surpreendente que a atrocidade conhecida influencie o julgamento popular em relação à outra desconhecida? Esse julgamento aguardava uma direção, e a barbaridade comprovada parecia propiciá-la de forma tão oportuna! Marie também foi encontrada no rio; e sobre esse mesmo rio a conhecida barbaridade foi cometida. A conexão entre os dois eventos era tão palpável que a verdadeira surpresa seria o povo *deixar* de reconhecê-la e de relacionar um ao outro. Mas, na verdade, a atrocidade comprovada é prova de que a outra, cometida quase na mesma hora, *não* foi cometida da mesma forma. Teria sido realmente um milagre se, enquanto uma gangue de rufiões estivesse cometendo, em certa localidade, um delito sem precedentes, outra gangue similar, em local similar, na mesma cidade, sob as mesmas circunstâncias, com os mesmos meios e instrumentos, estivesse cometendo um delito exatamente igual, exatamente ao mesmo tempo! No entanto, em que, se não nessa cadeia incrível de coincidências, a opinião acidentalmente *sugerida* do povo nos leva a crer?

"Antes de prosseguir, consideremos a suposta cena do crime, no matagal da Barrière du Roule. Esse matagal, embora denso, fica próximo a uma via pública. Em meio a ele havia três ou quatro grandes pedras formando um tipo de assento com espaldar e um escabelo. Na pedra superior, foi descoberta uma anágua branca; na segunda, um lenço de seda. Também encontraram uma sombrinha, luvas e um lenço de bolso. No lenço de bolso constava o nome 'Marie Rogêt'. Pedaços de vestido foram avistados nos galhos ao redor. A terra estava pisoteada, os galhos dos arbustos, quebrados, e havia sinais de luta violenta.

"A despeito do rebuliço que a imprensa fez com a descoberta desse matagal, e a unanimidade com a qual ele foi aceito como a cena do crime, devemos admitir que havia alguns bons motivos para dúvida. Posso até acreditar que esse *fosse* o local, mas havia excelentes razões para duvidar. Se o local estivesse *certo*, como sugeriu o *Le Commerciel*, na vizinhança em que fica a rua Pavée St. Andrée, os criminosos, supondo que tenham permanecido em Paris, teriam naturalmente ficado aterrorizados com a atenção pública voltada tão intensamente para o canal adequado; e, em mentes de certa disposição, logo lhes teria ocorrido a necessidade de redirecionar essa atenção de alguma forma. Assim, como o matagal da Barrière du Roule já era suspeito, a ideia de colocar os itens onde foram encontrados teria sido naturalmente considerada. Não há provas reais, embora o *Le Soleil* o suponha, de que os itens descobertos ficaram ali por mais do que poucos dias; por outro lado, há muitas provas circunstanciais de que não poderiam ter permanecido ali sem atrair a atenção durante os vinte dias entre o domingo fatal e a tarde em que foram encontrados pelos garotos. 'Estavam todos *embolorados* devido à chuva', diz o *Le Soleil*, adotando as opiniões de seus predecessores, 'e grudados uns nos outros devido ao *bolor*. A grama tinha crescido ao redor e por cima de alguns deles. A seda da sombrinha era resistente, mas os aros tinham se enroscado por dentro. A parte superior, que tinha sido fechada e dobrada, estava toda *embolorada* e podre, e rompeu ao ser aberta.' Quanto ao fato de que a grama 'tinha crescido ao redor e por cima de alguns deles', é óbvio que tal coisa só poderia ter sido averiguada a partir das palavras, e portanto da memória, dos dois garotos; pois esses garotos apanharam os itens e os levaram para casa antes que fossem vistos por outras pessoas. Mas a grama cresce, sobretudo em épocas quentes e úmidas (como o período do assassinato) até 6 ou 7 centímetros em um único dia. Uma sombrinha deixada na relva fresca poderia, em uma única semana, ficar inteiramente oculta pela vegetação. E quanto àquele *bolor* sobre o qual o editor do *Le Soleil* insiste de forma tão obstinada, a ponto de empregar a palavra nada menos que três vezes no breve parágrafo citado... ele conhece realmente a natureza desse *bolor*? Precisa ser informado de que é uma daquelas muitas classes de *fungos* cuja característica mais comum é nascer e morrer dentro de 24 horas?

"Assim, vemos de imediato que o que foi apresentado triunfalmente para sustentar a ideia de que os itens passaram 'ao menos três ou quatro semanas' no matagal é absolutamente inválido como prova desse fato. Por outro lado, é muito difícil crer que tais itens poderiam ter permanecido no matagal por mais do que uma semana – um período maior do que de um domingo a outro. Aqueles que conhecem um pouco os arredores de Paris sabem a extrema dificuldade de se encontrar um *local isolado*, exceto a uma grande distância dos subúrbios. Algo como um recanto inexplorado, ou até raramente visitado, entre os bosques ou arvoredos, não deve ser cogitado sequer por um momento. Deixe alguém que em seu âmago seja um amante da natureza e, no entanto, esteja acorrentado pelo dever à poeira e ao calor desta grande metrópole, tentar, mesmo durante os dias da semana, saciar sua sede por solidão entre os cenários de beleza natural que nos rodeiam... A todo passo, verá o encanto crescente dissipado pela voz e intrusão pessoal de algum rufião ou grupo de patifes fanfarrões. Procurará privacidade entre a folhagem mais densa, mas será em vão. Ali encontram-se os recantos onde os ímpios mais abundam; ali estão os templos mais profanos. Com o coração pesado, o andarilho voltará à poluída Paris como uma fonte de poluição menos odiosa, pois menos incongruente. Porém, se os arredores da cidade são assaltados dessa forma durante a semana, quanto mais no sabá! É aí especialmente que, livre das exigências do trabalho, ou privado das oportunidades costumeiras de crime, o patife da cidade procura suas áreas selvagens, não pelo amor à natureza, que em seu coração ele despreza, mas como um modo de escapar das restrições e convencionalidades da sociedade. Ele deseja não o ar fresco e as árvores verdejantes, e sim a *liberdade* completa do interior. Aqui, nessa estalagem de beira de estrada, ou sob a copa das árvores, ele se entrega, sem a vigilância de qualquer olhar exceto os de seus companheiros de farra, a todos os excessos loucos de um falso júbilo: a cria da liberdade e do rum. Não digo mais do que deve ser óbvio a qualquer observador imparcial quando reitero que o fato de os itens em questão não terem sido descobertos entre um domingo e outro, em *qualquer* matagal na vizinhança imediata de Paris, deve ser encarado como nada menos do que milagroso.

"Mas não faltam outros motivos para suspeitar que os itens foram dispostos no matagal com o objetivo de distrair a atenção da real cena do crime. Primeiro, permita-me direcionar sua atenção para a *data* da descoberta dos itens. Compare-a com a data do quinto excerto que tirei dos jornais. Você verá que a descoberta seguiu-se, quase de imediato, a mensagens urgentes enviadas ao jornal vespertino. Essas mensagens, embora variadas e, ao que parece, de procedências diversas, tinham todas o mesmo fim; a saber, voltar a atenção para uma gangue como os culpados, e ao bairro da Barrière du Roule como a cena do crime. Aqui, é claro, a suspeita não é que, em consequência dessas mensagens, ou da atenção pública que elas chamaram, os itens tenham sido encontrados pelos garotos; mas sim que os itens não foram encontrados *antes* pelos garotos devido ao fato de que não estavam no matagal, tendo sido depositados ali possivelmente na mesma data ou logo antes da data das mensagens pelos próprios culpados, autores dessas mensagens.

"Esse era um matagal singular, singular em excesso. Era incomumente denso. Dentro de seus limites naturais, havia três pedras extraordinárias *formando um assento com espaldar e um escabelo*. E esse matagal, tão naturalmente artístico, ficava próximo, *por alguns metros*, da residência de Madame Deluc, cujos filhos têm o hábito de examinar de perto os arbustos em busca de cascas de sassafrás. Seria imprudente apostar, com uma probabilidade de mil para um, que jamais se passou *um dia* sem que um dos garotos se escondesse naquele salão escuro, sentado em seu trono natural? Aqueles que hesitariam em fazer tal aposta nunca foram garotos ou esqueceram a natureza infantil. Repito: é muito difícil compreender como os itens poderiam ter permanecido no bosque sem que fossem avistados por um período maior do que um ou dois dias; e, portanto, há bons motivos para suspeitar, apesar da ignorância dogmática do *Le Soleil*, que eles foram depositados ali em uma data posterior ao crime.

"Mas há motivos ainda mais fortes para acreditar que eles foram depositados dessa forma, além daqueles que já apresentei até agora. Permita-me voltar sua atenção à disposição altamente artificial dos itens. Na pedra *superior*, havia uma anágua branca; na *inferior*, um lenço de seda; espalhados ao redor, uma sombrinha, luvas e um lenço de bolso com o nome 'Marie Rogêt'. Esse é um arranjo que seria feito por uma pessoa não muito astuta que desejasse dispor os itens *de modo natural*. Mas não é *absolutamente* um arranjo natural. Eu acharia mais provável encontrar *todos* os itens pisoteados no chão. Nos confins estreitos do matagal, não teria sido possível que a anágua e o lenço de seda permanecessem sobre as pedras enquanto vários indivíduos se atracavam sobre eles. 'Há sinais', dizia o jornal, 'de luta; e a terra estava pisoteada, e os galhos dos arbustos, quebrados', mas a anágua e o lenço foram encontrados como se tivessem sido deixados sobre prateleiras. 'As tiras do vestido arrancadas pelos arbustos tinham cerca de 7 centímetros de largura e 15 centímetros de comprimento. Uma delas era a bainha do vestido, que tinha sido remendada; a outra era parte da saia, não da bainha. *Pareciam ter sido arrancadas*.' Aqui, inadvertidamente, o *Le Soleil* empregou uma frase que levanta extrema suspeita. As peças, como descritas, de fato 'pareciam ter sido arrancadas'; mas de propósito e por uma mão. É muito raro que qualquer peça de roupa tenha uma parte 'arrancada' por um *espinho* da maneira citada. Devido à própria natureza de tais tecidos, quando um espinho ou prego se enrosca neles, são rasgados longitudinalmente, dividindo-os em duas faixas retangulares, de maneira a formar um ângulo reto uma com a outra, e encontrando-se num vértice no ponto onde o espinho entrou; mas é inconcebível que a peça seja 'arrancada'. Eu nunca vi tal coisa, e você também não. Para *arrancar* um pedaço de tal tecido, duas forças distintas, em direções distintas, serão necessárias em quase todos os casos. Se houver duas pontas no tecido; se, por exemplo, for um lenço de bolso, e se deseja rasgar uma tira dele, então, e apenas então, uma única força atenderá ao propósito. Mas estamos falando de um vestido, que apresenta apenas uma barra. Arrancar um pedaço do interior, no qual não se vê nenhuma ponta, só poderia acontecer através da ação de espinhos por um milagre, e *nenhum* espinho poderia fazer isso sozinho. Mesmo quando há uma ponta, porém dois espinhos serão necessários: um operando em duas direções distintas, e o outro, em

uma. E isso supondo que não haja uma bainha. Se houver uma bainha, está praticamente fora de cogitação. Vemos, assim, os enormes e numerosos obstáculos à ideia de que tiras foram 'arrancadas' pela simples ação de 'espinhos'; no entanto, querem nos fazer acreditar que não apenas aquela tira, mas muitas, foram rasgados dessa forma. 'E uma parte', também, *'era a bainha do vestido!'* Outra era *'parte da saia, não da bainha'*; ou seja, foi completamente arrancada, pela ação dos espinhos, do meio do vestido sem bainha! Essas são coisas, insisto, das quais é natural duvidar; contudo, tomadas coletivamente, consistem, talvez, em um motivo menos razoável de suspeita do que a circunstância de os itens sequer terem sido deixados nesse matagal, por *assassinos* que tiveram o cuidado de se livrar do corpo. Você não terá me compreendido perfeitamente, no entanto, se supõe que meu objetivo é *negar* que esse bosque foi a cena do crime. Pode ter ocorrido um delito *ali*, ou, o que é mais provável, um acidente na casa de Madame Deluc. Mas a verdade é que esse é um ponto de menor importância. Não queremos descobrir a cena do crime, sim encontrar os culpados do assassinato. Essas explicações, a despeito da minuciosidade com que as fiz, tiveram em primeiro lugar a intenção de demonstrar a insensatez das afirmações confiantes e precipitadas do *Le Soleil*, e, em segundo lugar, sobretudo, a ideia de levá-lo pela rota mais natural a refletir se esse assassinato foi ou não obra de *uma gangue*.

"Retomemos esse ponto fazendo uma simples alusão aos detalhes revoltantes apresentados pelo médico interrogado. Basta dizer que suas *inferências* publicadas, quanto ao número de rufiões, foram justamente ridicularizadas por não terem qualquer fundamento de acordo com todos os anatomistas renomados de Paris. Não é que o fato *não possa* ter ocorrido como foi inferido, é que não havia base para aquela inferência; no entanto, não haveria o suficiente para outra?

"Reflitamos agora sobre os 'sinais de luta' e o que esses sinais deveriam demonstrar: uma gangue. Mas será que não demonstram, em vez disso, a ausência de uma gangue? Que *luta* poderia ocorrer, que luta tão violenta e tão prolongada a ponto de deixar seus 'sinais' por todos os lados, entre uma garota fraca e indefesa e a gangue de rufiões imaginada? Bastaria a força silenciosa de alguns braços brutos e tudo estaria acabado. A vítima teria estado completamente à mercê deles. Aqui, tenha em mente que os argumentos usados contra a hipótese de que o matagal foi a cena do crime são aplicáveis em grande parte só contra o fato de ter sido a cena de um crime cometido *por mais de um indivíduo*. Se imaginarmos apenas um culpado, podemos conceber, e conceber apenas, uma luta de natureza tão violenta e obstinada a ponto de deixar 'sinais' aparentes.

"E mais uma coisa. Já mencionei a suspeita que emerge do fato de que os itens em questão permaneceram *todos* no matagal onde foram descobertos. Parece quase impossível que essas provas de culpa tenham sido acidentalmente deixadas ali. Houve presença de espírito suficiente (supõe-se) para livrar-se do cadáver; e, contudo, uma prova ainda mais incriminatória do que o cadáver (cujas feições poderiam ter sido logo obliteradas pela decomposição) foi deixada às vistas na cena do crime... refiro-me ao lenço de bolso com o *nome* da falecida. Se isso foi um lapso, não foi o lapso *de uma gangue*. Podemos imaginá-lo apenas como o lapso de um indivíduo. Considere o seguinte: um indivíduo cometeu o assassinato e encontra-se sozinho com o fantasma da falecida. Está horrorizado com o que jaz imóvel *à sua frente*. Sua fúria passou e há muito espaço em seu coração para assombrar-se com o próprio ato. Ele não tem um pingo daquela confiança que a presença de outros inevitavelmente inspira. Encontra-se *sozinho* com a morta. Está trêmulo e em choque. No entanto, existe a necessidade de livrar-se do cadáver. Ele o leva ao rio, mas deixa para trás outros indícios de culpa; pois é difícil, se não impossível, carregar todos os fardos de uma vez, e será fácil voltar atrás do que ficou. Mas, em sua jornada laboriosa até a água, seus medos redobram. Os sons da vida cercam-no no caminho. Uma dúzia de vezes ele escuta ou pensa escutar o passo de um observador. Até as próprias luzes da cidade desnorteiam-no. No entanto, no devido tempo, com longas e frequentes pausas de profunda agonia, ele alcança a margem do rio e se livra de seu fardo medonho, talvez usando um barco. Mas, *agora*, qual tesouro deste mundo, qual ameaça de vingança, teria o poder de impulsionar o retorno do assassino solitário por aquele caminho laborioso e perigoso até o bosque, com suas recordações macabras? Ele *não* retorna, e que as consequências sejam as que tiverem de ser. Não *poderia* retornar nem se quisesse. Só consegue pensar na fuga imediata. Dá as costas *para sempre* àqueles arbustos terríveis e corre como se fugisse da ira que está por vir.[11]

"Mas uma gangue? O número de integrantes os teria enchido de confiança; se, decerto, alguma vez a confiança falte ao bandido descarado; e apenas de bandidos descarados as supostas *gangues* são constituídas. Seus integrantes, como disse, teriam evitado o terror desconcertante e irracional que paralisaria o homem solitário, como imagino. Mesmo se supusermos o lapso de um, dois ou três deles, esse lapso teria sido remediado por um quarto. Eles não teriam deixado nada para trás; pois estar em grupo lhes teria permitido carregar *tudo* de uma vez. Não haveria necessidade de *retorno*.

"Considere agora o fato de que, na peça exterior da vestimenta no corpo encontrado, 'uma tira, com cerca de 30 centímetros de largura fora rasgada da bainha inferior à cintura, mas não arrancada. Ela circundava três vezes a cintura e prendia-se por uma espécie de nó nas costas'. Isso foi feito com o objetivo óbvio de criar uma *alça* com a qual carregar o corpo. Mas por que um *grupo* de homens teria recorrido a tal expediente? Para três ou quatro indivíduos, os membros do corpo teriam oferecido um meio não apenas

---

11 No original, "and flees as from the wrath to come", uma referência bíblica à Primeira Epístola aos Tessalonicenses 1:10. [N. de T.]

suficiente mas também ideal para carregá-lo. Apenas um indivíduo solitário precisaria de uma alça; e isso nos traz ao fato de que 'entre o matagal e o rio, as cercas tinham sido derrubadas e o chão apresentava indícios de que algum fardo pesado fora arrastado'! Mas será que um *grupo* de homens teria se dado ao trabalho supérfluo de derrubar uma cerca com o propósito de arrastar através dela um cadáver que poderiam *ter erguido* por cima dela em um instante? Um *grupo* de homens teria sequer *arrastado* um cadáver de modo a deixar *rastros*?

"E aqui devemos retomar uma observação do *Le Commerciel*; uma observação sobre a qual, em alguma medida, eu já comentei. 'Um pedaço', diz esse jornal, 'de uma das anáguas da infeliz jovem, com 60 centímetros de comprimento e 30 centímetros de largura, foi rasgado e amarrado sob o queixo e por trás da cabeça, provavelmente para evitar que gritasse. Isso foi feito por sujeitos que não carregavam lenços de bolso.'

"Como sugeri antes, um verdadeiro patife sempre *tem* um lenço de bolso. No entanto, não é esse fato que eu gostaria de destacar agora. Que não foi pela falta de um lenço para o propósito imaginado pelo *Le Commerciel* que essa mordaça foi empregada torna-se evidente pelo lenço deixado no matagal; e que o objeto não foi usado para 'evitar que gritasse' também é evidente, pois a mordaça não foi empregada do modo que teria sido mais eficaz nesse objetivo. Mas os relatórios dizem que a faixa em questão foi 'encontrada ao redor do pescoço da vítima, enrolada frouxamente, mas presa com um nó firme'. Essas palavras são bastante vagas, mas diferem consideravelmente daquelas do *Le Commerciel*. A faixa tinha cerca de 30 centímetros de largura e, portanto, embora de musselina, formaria uma tira forte quando dobrada ou enrolada longitudinalmente. E de fato foi encontrada enrolada. Minha inferência é esta: o assassino solitário, após carregar o cadáver por alguma distância (a partir do bosque ou de outro ponto), usando essa *tira* amarrada ao redor da cintura, achou que o peso, com esse método, era demais para suas forças. Então resolveu arrastar o fardo; as provas mostram que isso ocorreu. Com esse objetivo, foi necessário prender algo como uma corda a uma das extremidades. O melhor lugar seria o pescoço, pois a cabeça não permitiria que a corda escorregasse. Nesse momento, o assassino sem dúvida considerou a faixa ao redor do torso. Ele a teria usado, mas ela estava enrolada ao redor do corpo e amarrada com um *nó*, além de não ter sido 'arrancada' completamente da roupa. Era mais fácil remover uma nova faixa da anágua. Ele fez isso, atou-a ao pescoço e, dessa forma, *arrastou* sua vítima até a margem do rio. Que essa 'tira', obtida apenas com dificuldade e demora, e atendendo não muito bem ao seu propósito... que essa tira *sequer* tenha sido empregada demonstra que a necessidade surgiu de circunstâncias que surgiram quando o lenço não estava mais à mão; isto é, como imaginamos, após ele ter deixado o bosque (se é que estava no bosque), no caminho entre o bosque e o rio.

"Porém, você dirá, o depoimento de madame Deluc (!) aponta especificamente a presença de *uma gangue* nas redondezas do bosque, no momento ou por volta do momento do assassinato. Isso eu admito. Não duvido que houvesse dezenas de gangues, tais como a descrita por Madame Deluc, nas proximidades da Barrière du Roule *na hora* da tragédia. Mas a gangue que mereceu a admoestação de Madame Deluc, apesar de seu depoimento um tanto tardio e muito suspeito, é a *única* gangue que essa senhora honesta e escrupulosa diz ter devorado seus bolos e engolido seu *brandy*, sem se dar ao trabalho de pagá-la. *Et hinc illae irae?*[12]

"Mas qual foi o depoimento exato de Madame Deluc? 'Um bando de patifes apareceu; falaram alto, comeram e beberam sem pagar, então seguiram pelo mesmo caminho que o jovem e a garota, retornaram à estalagem *no fim da tarde* e voltaram a atravessar o rio como se estivessem com muita pressa.'

"Agora, essa 'pressa' muito possivelmente pareceu *aumentada* aos olhos de Madame Deluc, uma vez que refletia com tristeza sobre o consumo de seus bolos e sua cerveja; bolos e cerveja pelos quais ainda esperava ressarcimento. Caso contrário, por que ela destacaria a *pressa*, dado que o sol já se *punha*? Não é surpresa, certamente, que até uma gangue de patifes tenha *pressa* de voltar para casa quando um rio largo deve ser atravessado em barquinhos, uma tempestade é iminente e a noite *se aproxima*.

---

12 Do latim, "E por isso a raiva?". [N. de T.]

"Digo *se aproxima* porque a noite *ainda não caíra*. Foi só *ao fim da tarde* que a pressa indecente desses 'patifes' injuriou os olhos sóbrios de Madame Deluc. Mas ficamos sabendo que foi naquele final de tarde que Madame Deluc e o filho mais velho 'ouviram os gritos de uma mulher nos arredores da estalagem'. E com quais palavras Madame Deluc designa o período no qual esses gritos foram ouvidos? *'Logo após o pôr do sol'*, diz ela. Mas 'logo *após* o pôr do sol' o céu está, no mínimo, *escuro*; e *'no fim da tarde'* implica com a mesma certeza a luz do dia. Assim, é perfeitamente claro que a gangue deixou a Barrière du Roule *antes* dos gritos ouvidos (?) por madame Deluc. E, embora nas muitas transcrições dos depoimentos as expressões em questão sejam distinta e invariavelmente empregadas assim como eu as empreguei nesta conversa, a discrepância grosseira, até agora, não foi notada por nenhum dos jornais ou qualquer um dos mirmidões da polícia.

"Eu acrescentaria apenas mais um argumento contra culpar a *gangue*; mas este tem, pelo menos ao meu entendimento, um peso inteiramente irresistível. Sob as circunstâncias da oferta de uma grande recompensa e de um perdão completo em troca de qualquer prova, não seria de imaginar sequer por um momento que algum membro de *uma gangue* de rufiões vis, ou qualquer grupo de homens, teria há muito traído seus cúmplices? Os membros de uma gangue como essa não cobiçam tanto uma recompensa, ou anseiam tanto a fuga, quanto *temem serem traídos*. Um homem trai ávida e rapidamente para que, por sua vez, *não seja traído*. Que o segredo não tenha sido divulgado é a melhor prova de que, na realidade, é um segredo. Os horrores desse feito sombrio são conhecidos apenas por *um* ou dois seres humanos vivos... e por Deus.

"Resumamos agora os frutos parcos, mas certeiros, de nossa longa análise. Chegamos à ideia de um acidente fatal sob o teto de Madame Deluc ou de um assassinato cometido no bosque da Barrière du Roule, por um amante ou por pelo menos um associado íntimo e secreto da falecida. Esse associado tem tez escura. Essa tez, o 'nó' na tira, e o 'nó de marinheiro' com o qual o *bonnet* foi amarrado apontam para um homem do mar. Sua amizade com a falecida, uma jovem alegre mas não dissoluta, coloca-o um grau acima de um reles marinheiro. As mensagens bem escritas e urgentes aos jornais corroboram essa hipótese. As circunstâncias da primeira fuga, como mencionadas pelo *Le Mercurie*, tendem a mesclar a imagem desse marinheiro com aquela do 'oficial da Marinha' que se sabe ter conduzido a infeliz ao crime pela primeira vez.

"E aqui, apropriadamente, cabe considerar a ausência continuada do indivíduo de tez escura. Gostaria de reiterar que a tez desse homem é escura; notavelmente escura, a ponto de ser o *único* aspecto destacado tanto por Valence como por Madame Deluc. Mas por que o desaparecimento desse homem? Foi assassinado pela gangue? Se foi, por que há *rastros* apenas da *garota* assassinada? Seria natural que a cena dos dois crimes fosse a mesma. E onde está seu cadáver? O mais provável seria que os assassinos tivessem se livrado de ambos da mesma forma. Porém, pode-se argumentar que esse homem ainda está vivo e não se apresentou pois teme ser acusado do assassinato. Podemos supor que essa ideia lhe ocorreria agora, bem depois do crime, uma vez que os depoimentos apontaram que ele foi visto com Marie, mas não teria tido forças assim que o crime foi cometido. O primeiro impulso de um homem inocente teria sido denunciar o ocorrido e ajudar a identificar os rufiões. O *bom senso* recomendaria isso. Ele tinha sido visto com a garota. Atravessara o rio com ela em uma balsa aberta. A denúncia dos assassinos teria parecido, até para um idiota, o modo mais seguro de livrar-se de suspeitas. Não podemos supor que ele, na noite do domingo fatal, era inocente do crime cometido e também o ignorava. No entanto, apenas sob tais circunstâncias é possível imaginar que, se estivesse vivo, ele teria deixado de denunciar os assassinos.

"E quais são os nossos meios de averiguar a verdade? Veremos esses meios se multiplicarem e se tornarem mais nítidos conforme prosseguirmos. Analisemos em detalhes a primeira fuga. Investiguemos a história completa do 'oficial', esmiuçando as circunstâncias atuais e seu paradeiro no momento exato do assassinato. Comparemos com cuidado as várias mensagens enviadas ao jornal vespertino, cujo objetivo era atribuir a culpa a uma gangue. Isso feito, confrontemos essas mensagens, tanto quanto ao estilo como em relação à letra, àquelas enviadas ao jornal matutino, em um momento anterior, que insistiam tão veementemente na culpa de Mennais. E, após tudo isso, confrontemos outra vez essas várias mensagens com a letra do oficial. Tentemos averiguar, por meio de novos interrogatórios de Madame Deluc e seus filhos, assim como do motorista de ônibus, Valence, algo além da aparência pessoal e da postura do 'homem de tez escura'. Perguntas direcionadas com habilidade não podem deixar de extrair, de alguns deles, informações sobre esse ponto em particular (ou sobre outros); informações que eles próprios talvez não saibam que têm. Então rastreemos o *barco* encontrado pelo barqueiro na manhã do dia 23 de junho, segunda-feira, e que foi removido do escritório do serviço de barcaças, sem o conhecimento do oficial presente, e *sem o leme*, em algum período anterior à descoberta do cadáver. Com o devido cuidado e perseverança, infalivelmente encontraremos esse barco; pois não apenas o barqueiro que o rebocou pode identificá-lo, mas também *temos o leme em mãos*. O leme *de um barco a remo* não teria sido abandonado levianamente por alguém com o coração tranquilo. E agora me permita fazer outra pausa e propor uma pergunta. Não houve nenhum *anúncio* da descoberta desse barco. Ele foi silenciosamente rebocado ao serviço de barcaças e removido em igual silêncio. Mas seu dono ou usuário... como *se deu* que ele, já na manhã de terça-feira, soubessem, sem a existência de um anúncio, do paradeiro do barco levado na segunda-feira, a não ser que imaginemos alguma conexão com a *Marinha*, alguma conexão pessoal permanente que lhe permitisse obter essa informação e se inteirar de tão diminutos acontecimentos locais?

"Ao falar do assassino solitário que arrasta seu fardo para a margem, já mencionei a probabilidade de que ele se valesse de *um barco*. Agora, os fatos nos levam a crer que Marie Rogêt foi *lançada* de um barco. Teria sido o caso, naturalmente. O cadáver não poderia ter sido jogado nas águas rasas perto das margens. As marcas peculiares nas costas e nos ombros da vítima apontam para a disposição das traves no fundo de um barco. Que o corpo tenha sido encontrado sem um peso também corrobora essa ideia. Se tivesse sido jogado da margem, teriam atado a ele um peso. Só podemos justificar tal ausência supondo que o assassino não tomou a precaução de levar um consigo antes de partir no barco. Ao jogar o corpo na água, inquestionavelmente teria notado seu descuido; mas então não haveria saída. Qualquer risco teria sido preferível a um retorno àquela margem amaldiçoada. Tendo se livrado de seu fardo medonho, o assassino teria voltado às pressas para a cidade. Lá, em algum cais obscuro, teria pulado para a terra. Mas o barco... ele o teria atracado? Estaria com pressa demais para atracar um barco. Além disso, prendê-lo ao cais seria como fixar provas contra si mesmo. Seu instinto seria despachar para longe de si, o máximo possível, tudo que tivesse ligação com seu crime. Ele teria não apenas fugido do cais, mas também não permitiria que o *barco* permanecesse ali. Certamente o teria deixado à deriva. Continuemos a imaginar a sequência de eventos. Pela manhã, o infeliz é tomado por um horror inexprimível ao descobrir que o barco foi encontrado e rebocado em uma localidade que ele tem o hábito de frequentar; em uma localidade, talvez, que seu dever o compele a frequentar. Na noite seguinte, *sem ousar perguntar sobre o leme*, ele o tira de lá. Agora, *onde* está o barco sem leme? Que seja um dos nossos primeiros propósitos descobrir. Ao primeiro vislumbre dele, a aurora de nosso sucesso despontará. Esse barco nos guiará, com uma rapidez que surpreenderá até a nós mesmos, ao indivíduo que o usou na noite daquele sabá fatal. Uma corroboração se seguirá a outra e o assassino será encontrado."

[Por motivos que não especificaremos, mas que para muitos leitores parecerão óbvios, tomamos a liberdade de omitir aqui, do manuscrito que nos foi confiado, o trecho que detalha *como se seguiu* a pista aparentemente irrelevante obtida por Dupin. Sentimos que é recomendável apenas afirmar, de modo breve, que o resultado desejado foi obtido, e que o comissário de polícia cumpriu de imediato, embora com relutância, os termos de seu acordo com o *chevalier*. O artigo do sr. Poe conclui-se com as seguintes palavras — Eds.]*

Entenda-se que falo de coincidências *e nada mais*. O que disse anteriormente sobre esse tópico deve bastar. Em meu próprio coração, não há qualquer crença no sobrenatural. Que a Natureza e seu Deus sejam dois, nenhum homem pensante vai negar. Que o último, tendo criado a primeira, possa controlá-la ou modificá-la à vontade, também é inquestionável. Eu digo "à vontade", pois a questão é de vontade, e não, como a insanidade da lógica presumiu, de poder. Não é que a divindade *não possa* modificar suas leis, mas que a insultamos ao imaginar uma possível necessidade de modificação. Em sua origem, essas leis foram criadas para abarcar *todas* as contingências que *podem* existir no Futuro. Com Deus, tudo é *Agora*.

Repito, então, que falo dessas coisas apenas como coincidências. E mais: no que relato, será visto que entre o destino da infeliz Mary Cecilia Rogers, até onde esse destino é conhecido, e o de Marie Rogêt até certa época de sua história, existem paralelos cuja exatidão fantástica deixa a mente perplexa. Afirmo que tudo isso será visto. Mas que não se suponha sequer por um momento que, ao prosseguir com a triste narrativa de Marie na época ante-

---

* Da revista na qual o artigo foi originalmente publicado. [N. de A.]

riormente mencionada, e ao traçar até seu *dénouement*[13] o mistério que a envolveu, seja meu propósito secreto sugerir uma extensão do paralelo, ou até sugerir que as medidas adotadas em Paris para a descoberta do assassino de uma *grisette*, ou medidas baseadas em qualquer raciocínio similar, produziriam qualquer resultado similar.

Pois, quanto à última parte dessa suposição, devemos considerar que a menor variação nos fatos dos dois casos poderia dar margem a enormes equívocos, ao desviar completamente o rumo dos dois eventos; assim como um erro de aritmética que, isolado pode ser insignificante, no fim, devido à multiplicação em todos os pontos do processo, produz um resultado que varia enormemente da verdade. E, quanto à primeira parte, não devemos deixar de considerar que o próprio Cálculo de Probabilidades a que me referi proíbe qualquer ex-

---

13 Do francês, "desfecho". [N. de T.]

tensão do paralelo: proíbe-a forte e decisivamente na mesma proporção em que esse paralelo já foi prolongado e é exato. Essa é uma daquelas proposições anômalas que, aparentemente apelando ao pensamento de todo apartado da matemática, só pode ser concebida por completo pelo matemático. Nada, por exemplo, é mais difícil do que convencer o leitor médio de que o fato de o seis ter saído duas vezes seguidas num lance de dados seja razão suficiente para apostar tudo que tem na probabilidade de que o seis não será lançado na terceira tentativa. Uma sugestão nesse sentido, em geral, é rejeitada de imediato pelo intelecto. Não parece que as duas jogadas feitas, e que agora estão inteiramente no Passado, possam influenciar a jogada que existe apenas no Futuro. A probabilidade de lançar um seis parece ser exatamente a mesma em qualquer outro momento — estando sujeita apenas à influência das várias outras jogadas que podem ser feitas pelo dado. E essa é uma reflexão que parece ser tão excessivamente óbvia que tentativas de contestá-la costumam ser recebidas mais com um sorriso desdenhoso do que com algo parecido com uma atenção respeitosa. O erro aqui envolvido — um erro grosseiro e recendente de malícia — eu não posso expor dentro dos limites que tenho à disposição; e, para aqueles de mente filosófica, não preciso fazê-lo. Basta dizer aqui que consiste em um de uma série infinita de erros que entram no caminho da Razão devido a sua tendência de buscar a verdade *nos detalhes*.

A CARTA ROUBADA

Nil sapientiae odiosius acumine nimio.

Sêneca[1]

---

1 "Nada mais odioso à sabedoria do que o excesso de perspicácia." De acordo com Paulo Butti de Lima, em "A sentença roubada: o Sêneca de Poe", a frase atribuída a Sêneca (4 a.C.-65 d.C.) não é do filósofo romano, e sim do humanista Francesco Petrarca (1304-74), na obra *De remediis utriusque fortunae*. [N. de T.]

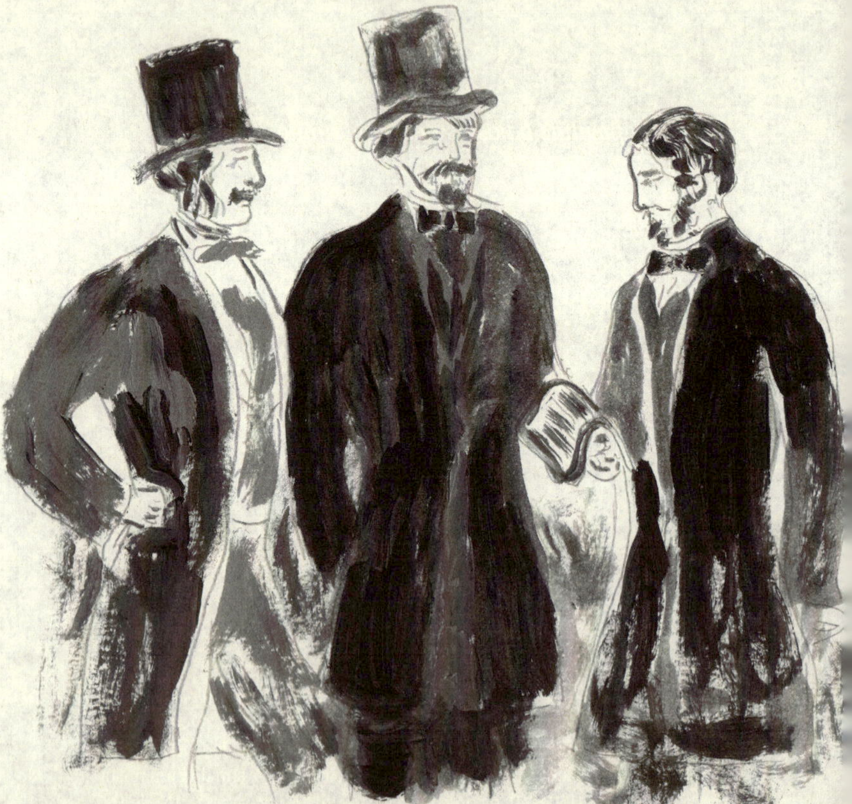

Em Paris, ao cair de uma noite tempestuosa no outono de 18–, eu desfrutava do luxo duplo da meditação e de um cachimbo *meerschaum*, na companhia de meu amigo C. Auguste Dupin, em sua pequena biblioteca dos fundos, ou gabinete de leitura, *au troisième*, rua Dunot, nº 33, Faubourg St. Germain. Havia pelo menos uma hora que mantínhamos um profundo silêncio; cada um, aos olhos de um observador casual, poderia parecer intensa e exclusivamente ocupado com os anéis de fumaça que rodopiavam e oprimiam a atmosfera do cômodo. Eu, no entanto, revisitava mentalmente certos tópicos que haviam sido assunto entre nós mais cedo naquela noite; refiro-me ao caso da rua Morgue e ao mistério do assassinato de Marie Rogêt. Considerei, portanto, certa coincidência quando a porta do cômodo onde estávamos foi escancarada e entrou nosso velho conhecido, Monsieur G., o comissário de polícia parisiense.

Nós o recebemos de forma calorosa; pois o homem era quase tão divertido quanto desprezível, e fazia vários anos que não o víamos. Estivéramos sentados no escuro, e Dupin se ergueu com o objetivo de acender o pavio da lâmpada, mas se sentou de novo, sem o fazer, quando G. disse que vinha nos consultar, ou, melhor, perguntar a opinião de meu amigo, sobre certo caso oficial que vinha causando grandes transtornos.

— Se é um assunto que exige reflexão — observou Dupin, desistindo de acender o pavio —, será melhor examiná-lo no escuro.

— Outra de suas ideias ímpares — disse o comissário, que tinha o hábito de chamar de "ímpar" tudo que estava além de sua compreensão, e, portanto, vivia em meio a uma legião de "imparidades".

— É bem verdade — disse Dupin, enquanto oferecia um cachimbo ao visitante e o conduzia até uma poltrona confortável.

— E qual é a dificuldade agora? — perguntei. — Não se trata de outro assassinato, espero?

— Ah, não; nada dessa natureza. O fato é que o caso é *mesmo* simples, e não tenho dúvida de que seríamos capazes de solucioná-lo; mas imaginei que Dupin poderia gostar de ouvir os detalhes, uma vez que são excessivamente *ímpares*.

— Simples e ímpares — disse Dupin.

— Bem, sim; no entanto, nem um nem outro, exatamente. O fato é que estamos bastante perplexos porque o caso *é* muito simples, e mesmo assim nos confunde a todos.

— Talvez seja a própria simplicidade da coisa que os despista — disse meu amigo.

— Quanta bobagem você *diz*! — respondeu o comissário, rindo com gosto.

— Talvez o mistério seja um pouco óbvio *demais* — insistiu Dupin.

— Céus! Onde já se viu algo assim?

— Um pouco evidente *demais*.

— Rá! Rá! Ra-rá! Rá! Rá! Rô! Rô! Rô! — riu nosso visitante, divertindo-se imensamente. — Ah, Dupin, você ainda me mata!

— E qual é o caso, afinal? — perguntei.

— Bem, vou lhes contar — respondeu o homem enquanto dava uma tragada firme, demorada e contemplativa, acomodando-se na poltrona. — Contarei em poucas palavras; mas, antes de começar, devo alertá-los de que o caso exige toda a discrição, e eu provavelmente perderia o posto que agora ocupo se ficassem sabendo que o revelei a quem quer que seja.

— Prossiga — incentivei-o.

— Ou não — disse Dupin.

— Pois bem; fui informado, por uma fonte de alto escalão, de que certo documento da maior importância foi roubado dos aposentos reais. O indivíduo que o roubou é conhecido, sem qualquer dúvida, uma vez que foi pego no ato. Também se sabe que o documento permanece em sua posse.

— Como se sabe? — perguntou Dupin.

— Foi claramente inferido — respondeu o comissário —, devido à natureza do documento e à ausência de certos resultados que de imediato se desenrolariam se a carta *não* estivesse mais na posse do ladrão; isto é, se o ladrão a empregasse como deve pretender empregá-la no fim das contas.

— Seja um pouco mais explícito — pedi.

— Bem, posso dizer apenas que o documento confere àquele que o possui certo poder em certo campo em que tal poder é imensamente valioso. — O comissário tinha um pendor pelo jargão da diplomacia.

— Ainda não entendo — disse Dupin.

— Não? Bem, a revelação do documento a uma terceira parte, que permanecerá anônima, colocaria em questão a honra de uma personalidade do alto escalão; e esse fato oferece àquele em posse do documento influência sobre a personalidade ilustre cuja honra e paz estão ameaçadas.

— Mas essa influência — interpus — dependeria de o ladrão saber que a parte roubada conhece sua identidade. Quem se atreveria...?

— O ladrão é o ministro D., que se atreve a toda sorte de coisas — disse G. —, tanto próprias como impróprias a um cavalheiro. O método do roubo foi tão engenhoso quanto ousado. O documento em questão... uma carta, para falar abertamente... fora recebido pela personalidade roubada enquanto estava sozinha no *boudoir*² real. Enquanto a lia, ela foi de súbito interrompida pela entrada de outra personalidade insigne da qual, em especial, desejava esconder o documento. Após uma tentativa apressada e infrutífera de enfiá-la numa gaveta, foi obrigada a deixá-la, aberta, sobre uma mesa. O endereço, no entanto, estava no alto e, uma vez que o conteúdo estava oculto, a carta não foi notada. Nesse momento entra o ministro D. Seus olhos de lince imediatamente notam o papel, reconhecem a letra no endereço, observam a agitação da personalidade a quem a carta foi endereçada e compreende seu segredo. Após cuidar dos negócios bem depressa, como é seu costume, ele tira uma carta um tanto parecida com aquela em questão, abre-a, finge lê-la, então a coloca próximo à outra. Volta a conversar, por uns quinze minutos, sobre questões de interesse público. Por fim, ao sair, pega da mesa a carta sobre a qual não tem direito. Sua dona perce-

---

2 Sala de estar privada para mulheres. [N. de T.]

be, mas, é claro, não ousa chamar atenção para o ato na presença do terceiro personagem, que estava ao seu lado. O ministro escapou, deixando na mesa sua própria carta, que não tinha importância alguma.

— Aqui, então — disse-me Dupin —, você tem precisamente a condição para tornar a influência efetiva: o ladrão está ciente de que a parte roubada conhece sua identidade.

— Sim — respondeu o comissário —, e há alguns meses o poder dessa forma obtido tem sido empregado a propósitos políticos, de modo muito perigoso. A personalidade roubada ficava a cada dia mais convencida da necessidade de recuperar sua carta. Mas isso, é claro, não poderia ser feito abertamente. Por fim, levada ao desespero, ela encarregou-me do caso.

— E suponho que não se poderia desejar, ou sequer imaginar — disse Dupin, em meio a um turbilhão perfeito de fumaça —, um agente mais sagaz.

— O senhor me lisonjeia — respondeu o comissário —, mas é mesmo possível que ela tenha pensado algo do gênero.

— Está claro — falei —, como o senhor observa, que a carta continua em posse do ministro; uma vez que é sua posse, e não o uso da carta, que lhe confere poder. Se a usar, o poder desaparece.

— É verdade — disse G. —, e prossegui com essa convicção. Minha primeira medida foi uma revista minuciosa do hotel do ministro; e aqui meu maior empecilho era a necessidade de investigar sem o conhecimento dele. Acima de tudo, eu fora alertado do perigo de lhe dar motivos para suspeitar de nossas intenções.

— Mas o senhor está bastante *au fait*[3] com essas investigações — comentei. — A polícia parisiense faz esse tipo de coisa com frequência.

— Ah, decerto; e por esse motivo não perdi as esperanças. Os hábitos do ministro também me forneceram uma grande vantagem. Com frequência ele se ausenta de casa a noite toda. Seus criados não são numerosos. Dormem a boa distância do aposento do patrão e, sendo sobretudo napolitanos, logo se embriagam. Eu tenho chaves, como sabem, que podem abrir qualquer aposento ou gabinete em Paris. Por três meses, não houve uma noite em que não estivesse pessoalmente ocupado em revistar o Hotel D. Minha honra está em jogo e, se posso mencionar um grande segredo, a recompensa é enorme. Então não desisti da busca até estar convencido de que o ladrão é um homem mais astuto que eu. Acredito que investiguei cada canto onde era possível esconder o papel.

— Mas não é possível — sugeri —, mesmo que a carta esteja em posse do ministro, como inquestionavelmente está, que ele possa tê-la escondido em outro local que não em seus aposentos?

---

3 Do francês, "familiarizado". [N. de T.]

— É quase impossível — disse Dupin. — A situação peculiar da corte hoje em dia, em especial dessas intrigas nas quais se sabe que D. está envolvido, tornaria a disponibilidade imediata do documento, a possibilidade de ser apresentado em um instante, um ponto de importância quase tão grande quanto sua posse.

— A possibilidade de ser apresentado? — perguntei.

— Isto é, de ser *destruído* — esclareceu Dupin.

— Tem razão — concordei —, o papel está claramente no local. Quanto a ser levado sempre pelo ministro, devemos tirar de cogitação.

— De todo — disse o comissário. — Ele foi parado duas vezes por supostos assaltantes e rigorosamente revistado sob minha própria inspeção.

— Poderia ter se poupado o trabalho — comentou Dupin. — Presumo que D. não seja um completo tolo e, nesse caso, deve ter antecipado essas abordagens como questão de praxe.

— Não é um *completo* tolo — concordou G. —, mas é poeta, o que considero apenas a um passo de um tolo.

— De fato — disse Dupin, após uma tragada longa e pensativa do cachimbo —, embora eu também tenha cometido alguns versos ruins.

— Por que não conta em detalhes como realizou a busca? — sugeri.

— Ora, o fato é que prosseguimos com calma e procuramos *em toda parte*. Eu tenho muita experiência em casos assim. Vasculhamos o prédio inteiro, cômodo a cômodo, dedicando as noites de uma semana inteira a cada um. Examinamos, primeiro, a mobília de cada aposento. Abrimos todas as gavetas possíveis; presumo que saibam que, para um agente de polícia bem treinado, não existe tal coisa como uma gaveta *secreta*. Um homem tem que ser um verdadeiro paspalho para não perceber uma gaveta "secreta" numa revista desse tipo. É uma coisa *tão* evidente. Há certo volume de espaço que deve existir em todo móvel, e temos regras precisas. A quinquagésima parte de uma linha não escaparia ao nosso olhar. Depois dos armários, examinamos as cadeiras. Cutucamos as almofadas com aquelas agulhas longas que os senhores já me viram usar. Das mesas, removemos os tampos.

— Por quê?

— Às vezes um tampo de mesa, ou de um móvel semelhante, é removido por quem deseja esconder algo; então a perna é escavada, o artigo depositado na cavidade, e o tampo, substituído. Os pés e a parte superior de balaústres de cama são usados da mesma forma.

— Mas a cavidade não poderia ser detectada pelo som? — perguntei.

— De modo algum, se, quando o item foi depositado, a cavidade tiver sido preenchida com algodão suficiente. Além disso, no nosso caso, fomos obrigados a proceder sem fazer barulho.

— Mas o senhor não poderia ter removido... não poderia ter desmontado *todos* os móveis nos quais teria sido possível depositar algo do jeito que mencionou. Uma carta pode ser reduzida a um rolo fino, não diferindo muito em forma ou volume de uma agulha de tricô grande, e nesse formato pode ser inserida na trave lateral de uma cadeira, por exemplo. O senhor não desmontou todas as cadeiras, não é?

— Certamente que não; mas fizemos algo melhor. Examinamos as traves de cada cadeira no hotel e, além disso, as juntas de cada móvel, com a ajuda de um microscópio extremamente poderoso. Se houvesse qualquer indício de alteração recente, nós teríamos reconhecido de imediato. Um único grão de pó causado por um buraco aberto por uma verruma teria sido tão óbvio quanto uma maçã. Qualquer estranheza na cola, qualquer vão incomum nas juntas, teria sido suficiente para garantir a detecção.

— Presumo que examinaram os espelhos, entre o verso e o vidro, e que reviraram as camas e os lençóis, assim como as cortinas e os tapetes.

— É claro; e, após examinar cada centímetro da mobília dessa forma, revistamos a casa em si. Dividimos a superfície em compartimentos, que numeramos a fim de não negligenciar nenhum; então examinamos cada centímetro do local e dos arredores, incluindo as duas casas germinadas adjacentes, como fizemos antes com o microscópio.

— As duas casas adjacentes! — exclamei. — Deve ter dado muito trabalho.

— De fato, mas a recompensa oferecida é prodigiosa!

— Examinaram também o *piso* das casas?

— Todos são pavimentados com tijolos. Comparativamente, deram-nos pouco trabalho. Examinamos o musgo entre os tijolos e concluímos que não tinha sido remexido.

— Procuraram entre os documentos de D., é claro, e nos livros da biblioteca?

— Certamente; abrimos cada pacote e embrulho; não só abrimos cada livro como também viramos cada folha de cada exemplar, não nos contentando meramente em sacudi-los, como é o hábito de alguns de nossos agentes. Também medimos a espessura de cada *capa*, com os instrumentos mais precisos, e submetemos cada uma ao escrutínio mais invejável do microscópio. Se qualquer uma das encadernações tivesse sido alterada, teria sido absolutamente impossível escapar ao nosso exame. Cerca de cinco ou seis volumes, recém-encadernados, foram cutucados com todo cuidado, longitudinalmente, com as agulhas.

— E exploraram o piso sob os tapetes?

— Sem dúvida. Removemos cada tapete e examinamos as tábuas com o microscópio.

— E os papéis de parede?

— Sim.

— E examinaram os porões?

— Certamente.

— Então — afirmei —, o senhor está enganado e a carta *não* está no local, como supõe.

— Temo que tenha razão quanto a isso — disse o comissário. — E agora, Dupin, o que me aconselharia a fazer?

— Uma nova busca minuciosa do local.

— Isso é absolutamente desnecessário — respondeu G. — Tenho tanta certeza de que a carta não está no hotel quanto de que agora respiro.

— Não tenho um conselho melhor — disse Dupin. — O senhor tem, é claro, uma descrição precisa da carta?

— Ah, sim! — E aqui o comissário, abrindo um memorando, passou a ler em voz alta um relato detalhado do aspecto interno, e sobretudo externo, do documento perdido. Logo após a leitura dessa descrição, ele foi embora, com um ânimo mais deprimido do que eu jamais vira dominar o bom cavalheiro.

Cerca de um mês depois, ele nos fez outra visita e nos encontrou ocupados quase como da outra vez. Pegou um cachimbo, sentou-se numa poltrona e começou a jogar conversa fora. Por fim, eu disse:

— Bem, G., e quanto à carta roubada? Presumo que finalmente decidiu que é impossível superar a astúcia do ministro?

— Maldito seja ele! Mas, sim, fiz outra busca, como sugerira Dupin. Em vão, como eu já esperava.

— Quanto era mesmo a recompensa oferecida? — perguntou Dupin.

— Bem, muito considerável... uma recompensa *muito* generosa... Não quero dizer quanto, exatamente; mas *direi* uma coisa: eu não me importaria em preencher um cheque de 50 mil francos a qualquer um que me conseguisse essa carta. O fato é que sua importância só aumenta a cada dia; e a recompensa foi recentemente dobrada. No entanto, mesmo que fosse triplicada, eu não poderia fazer mais do que já fiz.

— Ora — disse Dupin, devagar, entre as tragadas do seu cachimbo. — De fato... penso, G., que você não se dedicou ao máximo a essa questão. Poderia... acredito que poderia fazer um pouco mais, não?

— Como? De que forma?

— Bem — puf, puf —, poderia — puf, puf — pedir um conselho quanto à questão, hein? — Puf, puf, puf. — Lembra-se da história que contam de Abernethy?

— Não; que vá pro inferno o Abernethy!

— Certamente! E que seja bem-recebido. Mas, uma vez, certo avarento rico tinha a intenção de sondar esse Abernethy para uma opinião médica. Organizando, com esse propósito, uma conversa casual entre conhecidos, ele insinuou o seu caso ao médico como aquele de um indivíduo imaginário.

"'Vamos supor', disse o avarento, 'que os sintomas sejam tal e tal; agora, doutor, o que lhe receitaria?'

"'Receitaria?' disse Abernethy. 'Ora, um conselho, com certeza.'"

— Mas — disse o comissário, um pouco abalado — estou *perfeitamente* disposto a aceitar um conselho e pagar por ele. Eu, *de verdade*, daria 50 mil francos a qualquer um que me auxiliasse na questão.

— Nesse caso — respondeu Dupin, abrindo uma gaveta e tirando um talão de cheques —, já pode preencher com a quantia mencionada e meu nome. Quando o assinar, eu lhe entregarei a carta.

Eu estava perplexo. O comissário parecia absolutamente pasmo. Por alguns minutos, permaneceu mudo e imóvel, olhando incrédulo para meu amigo, com a boca aberta e os olhos que pareciam prestes a saltar das órbitas; então, parecendo se recuperar em certa medida, pegou uma caneta e, após várias pausas e alguns olhares vazios, preencheu e assinou, por fim, um cheque de 50 mil francos que passou sobre a mesa para Dupin. Este o examinou com cuidado e o guardou na carteira; então, destrancou uma *escrivaninha*, tirou dela uma carta e a entregou ao comissário. O homem a agarrou em um frêmito de alegria, abriu-a com a mão trêmula, percorreu rapidamente seu conteúdo e em seguida, levantando-se e correndo até a porta aos tropeços, saiu do aposento e da casa sem cerimônia e sem pronunciar uma sílaba desde que Dupin lhe pedira para preencher o cheque.

Quando ele saiu, meu amigo lançou-se em algumas explicações.

— A polícia parisiense é extremamente capaz a seu próprio modo — disse ele. — Seus agentes são perseverantes, engenhosos, sagazes e de todo versados no conhecimento que suas funções parecem exigir com mais frequência. Portanto, quando G. nos detalhou seu modo de revistar o Hotel D., tive total confiança de que fizera uma busca satisfatória, pelo menos até onde seus esforços permitiram.

— Até onde seus esforços permitiram? — perguntei.

— Sim — disse Dupin. — As medidas adotadas não foram apenas as melhores para o propósito mas também executadas à perfeição. Se a carta tivesse sido depositada ao seu alcance, esses sujeitos a teriam, sem dúvida, encontrado.

Eu apenas ri — mas ele parecia estar falando a sério.

— As medidas, portanto — continuou ele —, foram boas para o seu propósito, e bem executadas; sua falha estava em serem inaplicáveis ao caso e ao homem. Certo conjunto de recursos altamente engenhosos são, para o comissário, um tipo de cama de Procrusto[4] à qual ele forçosamente adapta seus propósitos. Porém, errou de modo reiterado ao ser profundo ou superficial demais, no caso em questão; e muitos garotos em idade escolar têm um raciocínio superior. Eu conheci um menino de cerca de 8 anos cujo êxito em adivinhar o resultado do "par ou ímpar" atraía admiração universal. Esse jogo é simples e jogado com bolinhas de gude. Um jogador segura algumas dessas bolinhas e pergunta a outro se o número de bolinhas que tem na mão é par ou ímpar. Se o palpite for correto, quem adivinhou ganha uma delas; se estiver errado, perde uma. O garoto a quem me refiro ganhou todas as bolinhas de gude da rodada. É claro que tinha algum método de adivinhação; e esse consistia na simples observação e medida da astúcia de seus oponentes. Por exemplo, se o oponente é parvo e, erguendo a mão fechada, pergunta "par ou ímpar?", nosso garoto responde "ímpar" e perde; mas no segundo jogo ele ganha, pois então diz a si mesmo: "O parvo tinha um número par na primeira jogada, e sua astúcia só é suficiente para fazê-lo jogar ímpar na segunda; portanto vou arriscar ímpar." Ele arrisca ímpar e vence. Agora, com um parvo um grau acima do primeiro, ele teria raciocinado da seguinte forma: "Este

---

4 Na mitologia grega, Procusto, filho de Posêidon, tinha uma cama de ferro na qual convidava seus hóspedes a se deitarem. Se fossem altos demais, amputava-os para ajustá-los à cama; se fossem baixos, esticava-os até chegarem ao comprimento adequado. [N. de T.]

aqui viu que no primeiro caso arrisquei ímpar e, no segundo, seu primeiro impulso vai ser propor uma simples variação de par para ímpar, como o primeiro parvo; mas então uma segunda ideia sugerirá que é uma variação simples demais, e ele por fim decidirá jogar par como antes. Portanto, vou arriscar par." Ele arrisca par e ganha. Agora, esse modo de raciocínio do garoto, que os colegas atribuem como "sortudo"... o que é, em última instância?

— Apenas uma comparação entre o intelecto do analista e aquele do seu oponente — respondi.

— Precisamente — disse Dupin. — Ao perguntar ao garoto por quais meios ele efetuou a *minuciosa* comparação da qual seu êxito dependia, recebi a seguinte resposta: "Quando desejo descobrir quão sábio, ou quão estúpido, ou quão bom, ou quão mau alguém é, ou quais são seus pensamentos naquele momento, mudo minha expressão, o máximo possível, para igualar-se à dele, então espero para ver quais pensamentos ou sentimentos surgem em minha mente ou em meu coração para igualar ou corresponder à expressão." Essa resposta do garoto vai além de toda a profundidade espúria atribuída a Rochefoucauld, La Bougive, Maquiavel e Campanella.[5]

— E a comparação do intelecto do analista com aquele de seu oponente depende, se o entendo sem erro — falei —, da precisão com a qual o intelecto do oponente é medida.

---

5 François, duque de La Rochefoucauld (1613-80), moralista francês; referência a Jean de La Bruyère (1645-96), moralista francês, no que acredita-se ser um erro da primeira impressão; Nicolau Maquiavel (1469-1527), filósofo florentino; e Tommaso Campanella (1568-1639), filósofo e monge dominicano. [N. de T.]

— Pois seu valor prático depende disso — respondeu Dupin —, e o comissário e suas tropas fracassam com tanta frequência porque, em primeiro lugar, não realizam essa identificação e, em segundo, porque mensuram incorretamente, ou não mensuram, o intelecto com o qual estão engajados. Eles consideram apenas os seus conceitos *próprios* de engenhosidade; e, ao procurar algo que foi escondido, consideram apenas os modos pelos quais *eles mesmos* teriam escondido algo. Estão certos neste ponto: que sua engenhosidade é uma representação fiel daquela *das massas*; mas, quando a astúcia do criminoso tem um caráter diverso da sua, o criminoso os engana, é claro. Isso sempre acontece quando ela está acima da deles, e com muita frequência também quando está abaixo. Eles não variam o fundamento de suas investigações; no melhor dos casos, quando impelidos por alguma emergência incomum ou alguma recompensa extraordinária, ampliam ou exageram suas antigas *práticas*, sem alterar os princípios. O que, por exemplo, nesse caso de D., foi feito para variar o princípio da ação? O que é toda essa história de perfurar, e cutucar, e sondar, e investigar com o microscópio, e dividir e registrar a superfície do prédio em centímetros quadrados; o que é tudo isso exceto um exagero *da aplicação* de um único princípio ou conjunto de princípios de busca, que estão baseados em um único conjunto de noções relativas à engenhosidade humana com a qual o comissário, na longa rotina de seu dever, acostumou-se? Não vê que ele tomou como certo que *todos* os homens escondem uma carta, talvez não em um buraco feito numa cadeira com uma verruma, mas, pelo menos, em *algum* nicho ou recanto obscuro sugerido pelo mesmo tipo de pensamento que levaria um homem a esconder uma carta num buraco feito numa cadeira com uma verruma? E não vê também que tais nichos *recherchés*[6] para esconder objetos são úteis apenas para ocasiões prosaicas e seriam adotados somente por intelectos prosaicos; pois, em todos os casos de ocultamento, ocultar o item dessa maneira *recherché* é, desde o início, presumível e presumido; e, portanto, sua descoberta depende não da argúcia, mas inteiramente da diligência,

---

6 Do francês, "buscados, requisitados" [N. de T.]

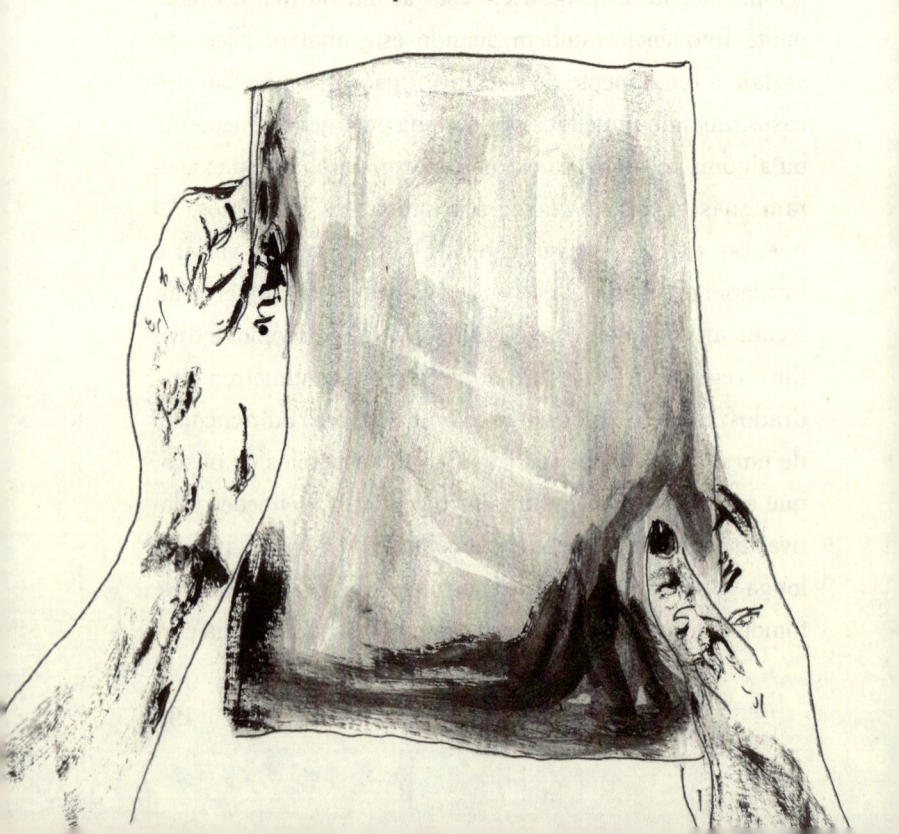

paciência e determinação dos que procuram; e em casos de importância (ou, o que é o mesmo aos olhos dos policiais, quando a recompensa é considerável) as qualidades em questão *nunca* falham. Agora você entenderá o que quero dizer ao sugerir que, tivesse a carta roubada sido escondida em qualquer lugar dentro dos limites da investigação do comissário (em outras palavras, estivesse o princípio de seu ocultamento contido nos princípios do comissário), sua descoberta seria inevitável. O comissário, entretanto, ficou inteiramente perplexo; e a fonte remota de sua derrota está na suposição de que o ministro é um tolo porque adquiriu renome como poeta. Todos os tolos são poetas, *acredita* o comissário; e é simplesmente culpado de um *non distributio medii*[7] ao inferir, assim, que todos os poetas são tolos.

---

7 Do latim, "termo médio não distribuído". É uma falácia que ocorre quando o termo médio de um silogismo categórico não é distribuído na premissa menor ou maior. [N. de T.]

— Mas esse é realmente o poeta? — perguntei. — Sei que há dois irmãos; e ambos obtiveram uma reputação nas letras. O ministro, acredito, escreveu obras renomadas sobre cálculo diferencial. Ele é matemático, não poeta.

— Está enganado; eu o conheço bem, ele é ambos. Como poeta e matemático, possui um raciocínio afiado; apenas como matemático, não poderia sequer ter raciocinado, e, portanto, teria estado à mercê do comissário.

— Suas opiniões, por já terem sido contraditas pela voz do mundo, surpreendem-me — falei. — Não pode ter a pretensão de refutar uma ideia amplamente aceita há séculos. A razão matemática tem sido há muito considerada a razão *par excellence*.

— *"Il y a à parier"* — respondeu Dupin, citando Chamfort, *"que toute idée publique, toute convention reçue est une sottise, car elle a convenue au plus grand nombre"*.[8] Os matemáticos, admito, fizeram o máximo para promulgar o erro popular a que você alude, e que não é um erro menor por ser promulgado como verdade. Em uma arte merecedora de uma causa melhor, por exemplo, eles introduziram o termo "análise" na álgebra. Os franceses foram os criadores desse engano específico; mas, se um termo tem qualquer importância, se palavras obtêm qualquer valor da aplicabilidade, então "análise" transmite "álgebra" tanto quanto, em latim, *"ambitus"* implica "ambição"; *"re-*

---

8 "Pode-se apostar que qualquer ideia pública, qualquer convenção social amplamente aceita, é uma asneira, sendo simplesmente conveniente ao maior número de indivíduos." [N. de T.]

ligio", "religião"; ou "*homines honesti*", um conjunto de homens *honrados*.

— Vejo que vai comprar briga com alguns algebristas de Paris — comentei —, mas prossiga.

— Eu questiono a disponibilidade, e, portanto, o valor, daquela razão que é cultivada em qualquer forma especial além da abstratamente lógica. Questiono, em particular, a razão induzida pelo estudo matemático. A matemática é uma ciência de forma e quantidade; o raciocínio matemático é a simples lógica aplicada à observação sobre forma e quantidade. O maior erro está em supor que mesmo as verdades da chamada álgebra *pura* são abstratas ou gerais. E esse erro é tão terrível que fico perplexo com a universalidade com a qual tem sido recebido. Axiomas matemáticos *não* são axiomas de verdade geral. O que é verdadeiro para a *relação* de forma e quantidade com frequência é inteiramente falso em relação à moral, por exemplo. Nessa ciência, em geral, *não* é verdade que as partes agregadas sejam iguais ao todo. Na química, o axioma também falha. Na consideração do motivo, falha; pois dois motivos, cada um de determinado valor, não têm, necessariamente, quando unidos, valor igual à soma de seus valores separados. Há diversas outras verdades matemáticas que só são verdades dentro dos limites da *relação*. Mas o matemático argumenta, a partir de suas *verdades finitas*, por hábito, como se elas tivessem uma aplicabilidade absolutamente geral; como o mundo, de fato, imagina que tenham. Bryant, em seu erudito *Mitologia*, menciona uma fonte análoga de erro quando

A CARTA ROUBADA

diz que "embora não se acredite mais nas fábulas pagãs, nós nos esquecemos continuamente disso e fazemos inferências a partir delas, como se fossem realidades existentes". Os algebristas, entretanto, que também são pagãos, *acreditam* nas "fábulas pagãs" e fazem inferências não tanto por meio do lapso da memória quanto devido a um aturdimento inexplicável do cérebro. Em resumo, jamais encontrei um matemático de quem se pudesse depender para algo exceto resolver equações de raízes iguais, ou que não considerasse clandestinamente como ponto de fé que $x^2 + px$ fosse absolutamente e *incondicionalmente* igual a q. Diga a um desses cavalheiros, como um experimento, que acredita que em certas ocasiões $x^2 + px$ *não* seja perfeitamente igual a q; e, assim que ele entender suas palavras, saia de seu alcance o mais rápido possível, pois sem dúvida ele tentará esbofeteá-lo.

"O que quero dizer", continuou Dupin, enquanto eu só ria de sua última observação, "é que, se o ministro não fosse mais do que um matemático, o comissário não teria necessidade de me dar esse cheque. Entretanto, eu o conheço, tanto como matemático quanto como poeta, e minhas medidas foram adaptadas à sua capacidade, levando em conta as circunstâncias que o cercavam. Eu o conheço como membro da corte, também, e um *intriguant*[9] ousado. Tal homem, considerei, estaria ciente dos métodos policiais mais comuns. Ele não teria deixado de antever — como os eventos provaram que não deixou — as emboscadas a que estava sujeito.

---

9 Do francês, "intrigante, intriguista". [N. de T.]

Deveria ter previsto, refleti, as revistas secretas de seus aposentos. Suas ausências frequentes à noite, festejadas pelo comissário como sinais seguros do seu sucesso, encarei apenas como artimanhas para dar à polícia oportunidade de realizar suas buscas minuciosas e, dessa forma, fazê-los chegar o quanto antes à convicção à qual G., de fato, por fim chegou: a convicção de que a carta não estava no local. Pareceu-me, também, que toda a linha de raciocínio que eu detalhava para você, referente ao princípio invariável da ação policial na busca por itens escondidos... pareceu-me que toda essa linha de raciocínio necessariamente passaria pela mente do ministro. Era imperativo que isso o levasse a descartar todos os *nichos* comuns de ocultamento. *Ele* não poderia, refleti, ser tolo a ponto de não ver que as reentrâncias mais complexas e remotas de seu hotel estariam tão abertas quanto os armários mais comuns, aos olhos, às agulhas, às verrumas e aos microscópios do comissário. Vi, enfim, que ele seria naturalmente levado à *simplicidade*, se não deliberadamente induzido a ela por escolha própria. Você se lembrará, talvez, de como o comissário riu com gosto quando sugeri, em nosso primeiro encontro, que era possível que o mistério o confundisse tanto em razão de ser *tão* evidente.

— Lembro — respondi —, lembro-me de como achou divertido. Pensei que começaria a convulsionar.

— O mundo material — continuou Dupin — está repleto de analogias muito próximas do imaterial; assim, certo ar de verdade foi dado ao dogma retórico de que a metáfora, ou a símile, possam fortalecer um argumento assim como ornamentar uma descrição. O princípio da *vis inertiae*, por exemplo, parece ser idêntico tanto na física como na metafísica. Não é mais verdadeiro na primeira que um corpo grande é posto em movimento com mais dificuldade do que um menor, e que seu *momentum* subsequente é proporcional a essa dificuldade, do que é, no último caso, que intelectos de maior capacidade, sendo mais poderosos, mais constantes e mais intensos em seus movimentos do que os de grau inferior, são, no entanto, menos imediatamente flexíveis e mais embaraçados e cheios de hesitação ao dar os primeiros passos. Mais uma vez: já notou qual dos letreiros, sobre as portas das lojas, mais chamam a atenção?

— Nunca parei para pensar no assunto — admiti.

— Há um jogo de adivinhação — prosseguiu ele — cujo tabuleiro é um mapa. Um dos jogadores pede a outro que encontre determinada palavra; o nome de uma cidade,

A CARTA ROUBADA

um rio, estado ou império; qualquer palavra, em resumo, sobre a superfície variegada e confusa do mapa. Um novato costuma tentar confundir seus oponentes ao pedir os nomes com as menores letras; o jogador experiente, porém, seleciona palavras que se estendem, em grandes caracteres, de um lado a outro do mapa. Essas, como os letreiros e as placas com letras grandes demais nas ruas, escapam ao olhar por serem excessivamente óbvias; e aqui o lapso fisiológico é precisamente análogo àquela falta de apreensão moral pela qual o intelecto não nota as considerações conspícuas, palpáveis e evidentes demais. Mas esse é um ponto, ao que parece, um tanto acima ou abaixo do entendimento do comissário. Ele nunca considerou provável, ou possível, que o ministro tivesse deixado a carta sob o nariz de todos, a fim de evitar que alguém entre eles a encontrasse.

"No entanto, quanto mais eu refletia sobre a engenhosidade de D., que é ousado, impetuoso e perspicaz; sobre o fato de que o documento deveria estar sempre *à mão*, para o caso de pretender empregá-lo; e sobre a prova decisiva, obtida pelo comissário, de que não estava escondido dentro dos limites da busca comum daquele dignitário, mais fiquei convencido de que, para esconder a carta, o ministro tinha recorrido ao expediente sagaz de não tentar escondê-la.

"Sob essas convicções, peguei um par de óculos verdes e, numa bela manhã, visitei, como se por acaso, a residência oficial. Encontrei D. em casa, bocejando, relaxando e procrastinando, como de costume, enquanto fingia padecer do mais profundo *ennui*[10]. Ele é, talvez, o mais enérgico dos seres humanos vivo hoje, mas apenas quando ninguém o observa.

"Para alinhar-me com seu humor, reclamei de minha vista enfraquecida e lamentei a necessidade dos óculos, atrás dos quais cautelosa e detalhadamente examinei todo o apartamento, enquanto parecia atento apenas à conversa de meu anfitrião.

"Prestei atenção especial a uma grande escri-

---

10 Do francês, "tédio, aborrecimento". [N. de T.]

vaninha perto dele, sobre a qual estavam espalhados certas cartas e outros papéis variados, com um ou outro instrumento musical e alguns livros. Ali, entretanto, após um escrutínio longo e muito deliberado, não vi nada que despertasse uma suspeita especial.

"Por fim, meu olhar, ao completar o circuito da sala, recaiu sobre um pequeno porta-cartões de papelão filigranado, que balançava de uma fita azul encardida, pendurada numa pequena maçaneta de bronze um pouco abaixo do meio da lareira. Nesse porta-cartões, que tinha três ou quatro compartimentos, havia cinco ou seis cartões de visita e uma única carta. Estava muito suja e amassada. Tinha quase sido rasgada ao meio, como se, em um primeiro momento, alguém tivesse pensado em rasgá-la e jogá-la fora como algo inútil, e, num segundo momento, tivesse mudado de ideia. Portava um grande selo preto com a cifra D. *bastante* visível, e estava endereçada, em letra pequena e feminina, a D., o próprio ministro. Tinha sido depositada de modo negligente, até desdenhoso, em uma das divisões superiores do porta-cartões.

"Tão logo olhei para essa carta, concluí que tinha que ser aquela que eu procurava. Decerto, em todos os aspectos, era radicalmente diferente daquela que o comissário nos descrevera em detalhes. Nesta, o selo era grande e preto, com a cifra D.; naquela, era pequeno e vermelho, com o brasão ducal da família S. Esta estava endereçada ao ministro, numa letra pequena e feminina; naquela, o cabeçalho, dirigindo-se a certa personalidade real, era ousado e decidido; apenas o tamanho formava um ponto de correspondência entre as duas. Mesmo assim, a *radicalidade* dessas diferenças, que era excessiva; o péssimo estado; o papel sujo e rasgado, tão inconsistente com os hábitos metódicos *próprios* de D. e tão sugestivo da intenção de levar o observador a pensar na insignificância do documento; todos esses aspectos, junto com a posição do documento, em plena vista de qualquer visitante, e, portanto, em rigor com as conclusões a que eu chegara antes; esses aspectos, como disse, eram fortemente corroborativos de suspeita em alguém que chegara com a intenção de suspeitar.

"Prolonguei minha visita o máximo possível e, enquanto mantinha uma discussão animada com o ministro sobre um tópico que sabia nunca deixar de interessá-lo e empolgá-lo, mantive os olhos na carta. Nessa verificação, memorizei sua aparência externa e sua disposição no porta-cartões; e também fiz, por fim, uma descoberta que acabou com qualquer dúvida que eu ainda pudesse ter. Ao escrutinar as bordas do papel, observei que estavam mais *ásperas* do que parecia necessário. Apresentavam as *ranhuras* que se manifestam quando um papel rígido, dobrado e pressionado com uma dobradeira é dobrado novamente na direção inversa, sobre as mesmas linhas ou bordas que formavam a dobra original. Essa descoberta bastou. Estava claro para mim que a carta tinha sido virada, como uma luva, do avesso, então outra vez endereçada e selada. Desejei um bom-dia ao ministro e parti, deixando uma caixa de rapé dourada na mesa.

"Na manhã seguinte, fui pegar a caixa, e retomamos, com entusiasmo, a conversa do dia anterior. Enquanto estávamos ocupados dessa forma, ouvimos um estrondo alto, como o disparo de uma pistola, logo abaixo das janelas do hotel, seguido por uma série de gritos de alarme de uma multidão aterrorizada. D. correu até a janela, abriu-a e olhou para fora. No meio-tempo, eu me aproximei do porta-cartões, peguei a carta, coloquei-a no bolso e a substituí por uma cópia (no que se refere aos aspectos externos) que tinha cuidadosamente preparado em meus aposentos, imitando a cifra D. com facilidade, por meio de um selo feito de pão.

"A perturbação na rua fora ocasionada pelo comportamento frenético de um homem com um mosquete, que disparara contra um grupo de mulheres e crianças. Porém, foi constatado que estava sem munição, e o sujeito teve permissão de se retirar, julgando-se ser um lunático ou bêbado. Quando ele foi embora, D. afastou-se da janela, para a qual eu o seguira tão logo garanti o objeto desejado, e pouco depois me despedi dele. O aparente lunático era um homem que eu contratara."

— Mas qual foi o propósito — perguntei — de substituir a carta por uma cópia? Não teria sido melhor pegá-la abertamente na primeira visita e ir embora?

— D. é um homem desesperado e também frio — respondeu Dupin. — Não faltam em sua residência criados devotados a seus interesses. Se eu tivesse feito a tentativa imprudente que sugere, talvez não tivesse deixado a presença ministerial com vida. Os bons cidadãos de Paris talvez nunca mais ouvissem falar de mim. Mas eu tinha um objetivo além dessas considerações. Você conhece minhas inclinações políticas. Nessa questão, agi como um partidário da senhora envolvida. Por 18 meses, o ministro manteve-a em seu poder. Agora ela o tem sob seu domínio, uma vez que, sem saber que a carta não está em sua posse, ele vai prosseguir com suas exigências como antes. Dessa forma, rápida e inevitavelmente acarretará a destruição de sua carreira. Sua queda será tão precipitada quanto embaraçosa. Fala-se muito do *facilis descensos Averni*;[11] porém, em todos os tipos de subida, como Catalani disse em relação ao canto, é muito mais fácil subir do que descer. No caso atual, eu não tenho simpatia por aquele que cai, nem me compadeço dele. É o *monstrum horrendum*, um homem de gênio sem princípios. Confesso, entretanto, que gostaria muito de conhecer seus pensamentos quando, sendo desafiado por aquela que o comissário denomina "certa personalidade", for levado a abrir a carta que deixei em seu porta-cartões.

— Por quê? Escreveu algo especial nela?

— Ora, não me pareceu certo deixar o interior em branco; teria sido um insulto. Uma vez, em Viena, D. me fez uma afronta e eu lhe disse, bem-humorado, que me lembraria dela. Então, como sabia que ele experimentaria certa curiosidade quanto à pessoa que tinha superado sua astúcia, pensei que seria uma pena não lhe fornecer uma pista.

---

11 Do latim, "é fácil a descida ao Inferno". [N. de T.]

Ele está familiarizado com minha letra, e só copiei no centro da folha em branco as palavras:

Un dessein si funeste, S'il n'est digne d'Atrée, est digne de Thyeste.[12]

Elas podem ser lidas no *Atrée*, de Crébillon.

---

12 "Um desígnio tão funesto, se não é digno de Atreu, é digno de Tiestes." Refere-se à história da mitologia grega em que o rei Atreu, para punir o irmão Tiestes por suas ofensas, incluindo a sedução de sua esposa, finge perdoá-lo e serve-lhe os filhos em pedaços num banquete. Para se vingar, Tiestes consulta um oráculo, que o aconselha a ter um filho que matará Atreu. [N. de T.]

EU, LEITOR DE POE

POR
ALBERTO MUSSA

Conheço Edgar Allan Poe desde os meus 14 anos, mais ou menos, quando comecei a explorar sistematicamente a biblioteca do meu pai. Cheguei a ele, ou, para ser mais exato a um sisudo volume da sua obra, depois de ler a tradução de *O corvo* num livro do Pessoa. O poema me fascinou tanto que meu Poe, nesse primeiro momento, foi apenas o poeta.

A biblioteca do meu pai era muito austera. Consistia, basicamente, numa coleção de clássicos. Não havia muito espaço para o século XX, à exceção de uns poucos nomes muito admirados, como o de Jorge de Lima ou o de Cecília Meireles.

Foi minha mãe, por isso, quem despertou em mim o prazer da literatura policial. Devorávamos, ela e eu, um atrás do outro, romances e contos de Agatha Christie, Conan Doyle, Maurice Leblanc e G. K. Chesterton.

Faço essa distinção agora, já adulto, entre o "clássico" e o "policial", por mera questão de nomenclatura. Mas na época não estabeleci nenhuma fronteira desse tipo: a única distinção existente, para mim, era entre livros "velhos" (que vinham do meu pai) e os "novos" (compartilhados com a minha mãe). Tanto é verdade que fui ler dois romances policiais importantíssimos, e clássicos, oriundos da biblioteca paterna: *Crime e castigo* e *Os irmãos Karamazov*.

É nesse ponto que nosso Poe volta à cena: era também do meu pai o volume em que li pela primeira vez *"Os assassinatos na rua morgue"*. O conto, simplesmente, me deslumbrou. Li, em seguida, toda a ficção dele. Poe logo passou a fazer parte do meu cânone pessoal; e da coleção particular de livros que comecei a formar. Ainda conservo meu velho exemplar vermelho de uma coleção de clássicos de bolso.

O tempo passou; ingressei na Faculdade de Matemática; e, pouco depois, na de Letras. Foram esplêndidos esses últimos tempos. Mas não ouvi falar de Poe. Alguns professores, inclusive, tentaram me ensinar que Jorge Amado era um escritor medíocre; e que uma narrativa policial não era, propriamente, "literatura".

Faço hoje esta reflexão: a Academia tendeu, amplamente, a considerar menor, a classificar de "subliteratura" todas as espécies narrativas que obtêm sucesso de público, ou melhor, que contam com um público (digamos) pré-formado, ou pré-disposto. Essa talvez seja a principal característica da chamada literatura "de gênero": a ficção científica, a narrativa histórica, o dramalhão sentimental e o romance água com açúcar, o conto gótico ou de terror, o faroeste, as histórias de aventura e de capa e espada, a comédia de costumes. Entre esses gêneros, naturalmente, está também a ficção policial.

Seria este um ensaio longo se eu fosse discorrer sobre a própria evolução da ficção em prosa, entre os séculos XVIII e XIX, que teria sido impossível sem a democratização do ensino e a popularização da imprensa. Desse período, grandes escritores cujo estudo hoje é obrigatório nas universidades, foram em seu tempo muito populares.

É a partir de meados do século XX que passa a predominar o que me parece ser a maior contradição da crítica acadêmica, ou da maioria dela: o estabelecimento de uma escala de valores em que a grande literatura está associada à maior "complexidade", à "sofisticação", à sua inacessibilidade ao leitor "comum", ou popular.

Grande parte da crítica acadêmica, ainda hoje, mesmo a que se considera democrata, conserva uma atitude aristocrática diante do leitor e da leitura, porque impõe uma clara distinção hierárquica entre a cultura propriamente dita, de alto nível, acessível a poucos "iniciados"; e uma outra "cultura", inferior, produzida apenas com valor de entretenimento, para as "massas". Eu, pessoalmente, não vejo nenhum elemento intrínseco, objetivo, que permita tal discriminação.

Isso leva a contradições estapafúrdias. Por exemplo, o já citado Dostoiévski não é incluído entre os autores policiais; nem seus romances *Crime e castigo* e *Os irmãos Karamazov* são analisados sob tal perspectiva. O que certos críticos dizem é que "são mais do que simples romances policiais" ou "o autor se vale da fórmula policial para criar uma verdadeira obra de arte literária". Como ninguém ousa detratar Dostoiévski (como não detrataria um Borges ou um Faulkner), a estratégia é negar que se classifiquem nesse gênero e admitir apenas que "se aproveitam de sua fórmula". Eu mesmo já fui elogiado com um chavão desses. Tal opinião, é claro, não se sustenta em bases teóricas rígidas.

Na verdade, qualquer peça narrativa pode ser enquadrada em um ou mais gêneros, definidos por critérios objetivos. Logo, para discutir o gênero policial é necessário, primeiro, estabelecer os elementos que, ao menos para mim, o constituem.

Dou minha definição: narrativa policial é aquela que trata de um *crime*, ou tem nele um de seus catalisadores; e cujo desenvolvimento corresponde ao processo de *investigação*. Ora, narrativas com essas características são mais antigas do que em geral se supõe.

A mitologia brasílica tem um caso interessante: a história indígena bororo que Lévi-Strauss elegeu como "mito de referência" das suas *Mitológicas*. Nela, um rapaz segue a mãe, escondido, até o mato, onde ela ia colher as fibras necessárias para confeccionar o primeiro estojo peniano dele. O contexto da cena é precisamente o do rito de passagem masculino entre a infância e a adolescência, quando os jovens iniciandos começam a usar esse item do vestuário. Quando o rapaz percebe que a mãe está só, ele a ataca e a estupra. E ambos voltam para a aldeia. A mãe não conta nada ao pai, mas este desconfia de um adultério quando nota, coladas no corpo da mulher, penas de uma determinada forma e cor. Pertenciam certamente ao enfeite de algum rapaz.

O pai aguarda a cerimônia de iniciação, mas não consegue identificar um enfeite com penas iguais em nenhum dos jovens. Sendo ele o chefe da aldeia, determina que se faça outra celebração. Nada. Até que, depois de várias tentativas, descobre que o dono das penas é seu próprio filho. A partir daí, a narrativa vira uma espécie de "suspense de ação" (para usar a linguagem das séries de TV): o pai tenta matar o filho, que escapa sempre, até o surpreendente desfecho.

Como é fácil perceber, os elementos definidores da narrativa "policial" (digamos assim, anacronicamente) estão presentes no mito bororo: há crime (estupro, adultério e incesto); e há investigação (o pai ordena a realização de várias cerimônias até que o culpado apareça vestido com o enfeite correspondente ao das penas coladas no corpo da esposa).

Reparem que o ouvinte do mito *sabe* desde o início quem é o autor do crime; mas isso não impede que ele sinta a *tensão expectativa* ("suspense") durante o desenvolvimento do relato, seja na fase da investigação, seja na da tentativa de punição ao culpado. É a mesma estratégia usada por Dostoiévski em *Crime e castigo*: desde o princípio o leitor sabe quem cometeu o crime. A tensão gerada no leitor durante o desenvolvimento da história é relativa à punição de Raskolnikóv.

Dou mais alguns exemplos:

1) "O tesouro de Rampsinito", relato egípcio reproduzido por Heródoto em sua *História*, cujo protagonista é um ladrão que rouba o tesouro da pirâmide do faraó Rampsinito, supostamente inexpugnável, e consegue, de modo ardiloso, escapar das tentativas de captura. Há crime (o roubo do tesouro); e há investigação (os vários estratagemas concebidos por Rampsinito para surpreender o ladrão desconhecido). A história termina com o casamento do ladrão com a filha do faraó, quando sua identidade é revelada;

2) O julgamento de Salomão, narrativa sapiencial que consta no livro bíblico *I Reis*, na qual há crime (declaração falsa com o fito de roubar o bebê); e há investigação (a falsa sentença de Salomão, que manda dividir o bebê ao meio, forçando a verdadeira mãe a espontaneamente se denunciar);

3) *O círculo de giz*, drama chinês de Li Qianfu, cujo enredo se assemelha à história de Salomão, embora seja mais complexo (porque há assassinato do pai e tentativa de roubo da herança da verdadeira mãe). O ardil final é quase idêntico: as pretensas mães têm de puxar o corpo da criança, completamente, além de um círculo de giz traçado no chão — o que provoca a desistência da mãe verdadeira, que assim se denuncia;

4) *Édipo rei*, de Sófocles, tragédia na qual há primeiro uma tentativa de crime (infanticídio, quando Laio

ordena ao pastor que abandone o bebê Édipo à morte) e dois crimes decorrentes do fracasso dessa tentativa (parricídio e incesto, quando o Édipo adulto mata o pai e se casa com a mãe); e depois investigação (o próprio Édipo acaba suspeitando de si mesmo e termina por descobrir a verdade, com a confissão do pastor);

5) "A história de Ali Khawja", um dos contos tardiamente incluídos em *As mil e uma noites,* em que o crime é o roubo de mil moedas de ouro (colocadas no fundo de um pote cheio de azeitonas e mantido assim durante anos). A investigação ocorre durante o julgamento (quando o pote é examinado e se verifica que azeitonas colhidas recentemente foram introduzidas no pote para ocupar o espaço das moedas);

6) *Hamlet,* de Shakespeare, em que há crime (adultério, cometido por Gertrude, e fratricídio, cometido por Cláudio contra o rei, pai de Hamlet); e há investigação (especialmente quando Hamlet faz representar o assassinato do pai pela trupe de atores, conforme a versão do fantasma, para avaliar a reação de Cláudio e Gertrude);

7) *O processo,* de Kafka, talvez o mais radicalmente original entre todos os romances policiais (e cuja lembrança devo ao meu filho João Mussa), na qual há um crime (que se desconhece); e investigação (que consiste no próprio processo).

Como no mito bororo, em todas essas sete histórias o principal fundamento estético é a tensão expectativa gerada pelo desenvolvimento da trama, ainda que o leitor conheça todos os fatos ligados ao crime — já que, nesses casos, ao menos um dos personagens os ignora. E será precisamente sobre as reações deste personagem que se dirige a expectativa do ouvinte ou leitor.

Um elemento estético adicional é a soma de beleza, elegância e engenhosidade da solução empregada diante do problema, característica distintiva dos relatos de teor sapiencial, como o julgamento de Salomão e O *círculo de giz*.

Tais histórias, contudo, diferem da narrativa policial *stricto sensu* por ao menos um elemento: a presença de um *detetive*, seja ele policial ou não, que soluciona o crime com emprego de métodos práticos e racionais de investigação — e, portanto, sem o concurso do acaso ou do sobrenatural, como ocorre na grande maioria dos relatos cronologicamente precedentes. Um exemplo europeu precursor de Poe está no conto "A cela secreta", de William Evans Burton, no qual a investigação está a cargo de um detetive da polícia londrina.

Então, com tudo isso posto, onde entra nosso Edgar Allan Poe? Por que é considerado, por grande número de críticos, o criador da narrativa policial?

A resposta pode parecer decepcionante: Poe não é o criador da narrativa policial. Todavia, no âmbito da arte narrativa, ser o "criador" de alguma coisa é certamente o traço menos relevante para se ponderar o papel histórico de um autor. Aliás, "criação" em literatura é fenômeno quase impossível de provar. Mencionei o mito bororo precisamente com esse intuito: porque acredito que todos os recursos estéticos da literatura propriamente dita (ou seja, do conjunto universal dos textos escritos) estão prefigurados na tradição oral, e milenar, dos povos ágrafos. Mas isso é tema para um outro ensaio.

A grandeza de Poe está, primeiramente, na excelência dos contos que escreveu. E no fato de ter sido ele, e não seus precursores, quem diretamente influenciou uma longa e fecunda linhagem de narradores policiais, de distintas tradições literárias. Poe desenvolveu e popularizou o gênero na forma como o concebemos hoje, ainda válida universalmente: um enigma criminal cujo protagonista é um detetive dotado de personalidade singular e um estilo próprio de agir, que figura em relatos autônomos — como Holmes, Poirot, Padre Brown, Spade, Maigret, Montalbano, Marlowe, o velho Leite ou dom Isidro Parodí. Até o antidetetive Arsène Lupin, como o próprio nome denuncia, deriva de Auguste Dupin.

A maior contribuição de Poe, contudo (na minha opinião), está numa *teoria* da narrativa policial, que consta de suas próprias peças ficcionais, e que se pode resumir em três postulados elementares:

1) o pensamento analítico é o meio mais adequado para a solução de um enigma;
2) a verdade sempre está nos pormenores;

3) a aparente insolubilidade de um enigma decorre da limitação de perspectiva de quem investiga ou analisa.

O primeiro postulado vem explicitamente em "Os assassinatos na rua Morgue"; o segundo, em "O mistério de Marie Rogêt"; e o terceiro, em "A carta roubada". Todavia, podemos perceber que Dupin emprega em todos os casos, com maior ou menor ênfase, os três princípios.

Me arrisco a dizer que há um quarto traço fundamental na ficção policial de Poe, embora subjacente à construção da personagem de Auguste Dupin: um raciocínio, em si mesmo, pode ter *beleza*.

Tendo sido eu um aspirante a matemático, isto é o que mais me comove nele e em alguns de seus sucessores: a crença no potencial estético do pensamento. É bom lembrar, inclusive, que a associação entre razão e emoção foi o aspecto distintivo da antiga literatura sapiencial do Oriente; e que foi Poe quem revitalizou elementos desse gênero na ficção ocidental.

E hoje, agora, neste exato momento, ao concluir o texto tão gentilmente solicitado pela querida Victoria Rebello para a edição da Antofágica dos contos protagonizados por Auguste Dupin, me dou conta de que minha própria técnica de autor policial — a do meu *Compêndio mítico do Rio de Janeiro* — não passa de mera adaptação do terceiro postulado de Edgar Allan Poe.

E, logo eu, que me sentia herdeiro de Borges e Bioy Casares, que me sentia um filho puro da América Latina, tenho de pagar aqui o meu tributo ao ilustre e genial cidadão de Boston, que, com apenas três contos, fez brotar um oceano de discípulos.

ALBERTO MUSSA é contista e romancista, autor do *Compêndio mítico do Rio de Janeiro*, série de cinco novelas policiais, uma para cada século da história carioca. Estudada na Europa, nos Estados Unidos e no Mundo Árabe, sua obra está publicada em 19 países e 16 idiomas.

RACIONALIDADE, CACHIMBO E ORDEM

POR
BRUNO PAES MANSO

Em Paris, no despertar do século XIX, a cultura europeia vivia um momento de celebração das luzes, em que a racionalidade parecia triunfar sobre a fé e a superstição. Crenças e instituições associadas ao Antigo Regime abriam espaço para a chegada da ciência e do conhecimento empírico, que marcariam a modernidade e revelariam um mundo novo.

O *chevallier* C. Auguste Dupin, personagem que Edgar Allan Poe vai criar e desenvolver nestes três contos publicados na década de 40 daquele século, surge como um dos heróis dessa modernidade iluminada, um investigador meticuloso, observador, capaz de identificar os perigos e as sombras que habitam dentro de cada criatura.

Com uma lógica afiada, ele mergulha nos mistérios indecifráveis para desvendar crimes e descobrir as motivações de seus autores, como se disputasse um jogo para provar a superioridade do intelecto sobre os impulsos destrutivos, o controle civilizado sobre tudo aquilo de selvagem e profano que possa emergir da incivilidade e da loucura para assustar os moradores da Cidade Luz.

Havia uma fé quase ingênua na promessa de que a racionalidade e o pensamento científico pudessem empurrar o mundo para a frente, trilhando para sempre o caminho do progresso. Ao contrário de outros gêneros que consagraram Allan Poe, como o terror e o suspense, as histórias do detetive dândi vinham sempre com o alívio final de uma charada desvendada, como se o mundo tivesse solução.

Eram tempos otimistas, e Dupin e suas sacadas vinham impregnadas desse bom astral. O Estado moderno começava a se espalhar e a se consolidar pelo mundo ocidental. O destino das pessoas deixava de estar amarrado às classes em que nasceram, surgindo a possibilidade de se criar uma identidade individual única, ligada à disposição e a capacidade de cada um para encontrar seus próprios caminhos, exercer suas potencialidades e seguir seus sonhos.

O tempo dos enforcamentos e das torturas em praça pública, das fogueiras para queimar bruxas, tinha sido substituído pela era das penas graduais, aplicadas proporcionalmente para cada tipo de crime, voltadas não somente para punir, mas também para recuperar o culpado ou o desviante. As crenças mágicas saíam de moda no Ocidente para dar lugar a outro tipo de saber. Há toda uma engenharia jurídica em busca da descoberta para se aperfeiçoar a Justiça, preservando a obediência e o respeito pelas regras que mantêm de pé a sociedade civilizada, evitando a desordem e o desmonte da estrutural social.

As aventuras de nosso herói Dupin refletem esse espírito do tempo, que vai continuar a seduzir as mentes educadas e cultas, inspirando obras diversas ao longo dos séculos, nas diferentes plataformas que aparecem com o passar do tempo – de Sherlock Holmes, de Arthur Conan Doyle, a Hercule Poirot, de Agatha Christie, passando por CSI ao Doutor House, entre milhares de livros, séries e podcasts, que partem de uma estrutura semelhante. Há, de um lado, mistérios ameaçadores. De outro, um investigador capaz de decifrá-los e torná-los compreensíveis, para punir com rigor e assim evitar, quem sabe, que novos atos bárbaros e loucos se repitam.

Primeiro somos tomados pela apreensão do terror e do suspense provocado pelo crime. Com Dupin, e depois com seus sucessores, passamos a nos aventurar pelas descobertas sobre a motivação de seus autores, analisando cada pista e fazendo conexões entre elas, como se montássemos um quebra-cabeça, peça a peça. Vamos enxergando aos poucos a formação de uma imagem clara, até sermos tranquilizados no final, com a resposta do enigma. Está reafirmada mais uma vez a vitória da racionalidade sobre a desordem e a loucura.

O acúmulo de conhecimento e o avanço da ciência seriam a garantia de um futuro sem sustos, previsível, controlado pela racionalidade humana. Parece oferecer alívio para emoções profundas, que desde sempre fazem parte da condição humana: o medo do inesperado, do incontrolável, da anomia, da morte e do fim do mundo ou, talvez, de toda a nossa espécie.

A sabedoria da espécie humana – não é preciso alarme, podem todos se acalmar – será a nossa salvação. Como afirma Dupin, existe ordem no Universo, a ser compreendida pela inteligência. "Em sua origem, essas leis [naturais] foram criadas para abarcar todas as contingências que podem existir no futuro", diz ele em "O mistério de Marie Rogêt", para depois completar. "Não é que a divindade não possa modificar suas leis, mas que a insultamos ao imaginar uma possível necessidade de modificação". A euforia de Dupin é tamanha que ele acredita já ter decifrado até mesmo os mistérios do sagrado.

Não há grandes segredos. Basta observar com atenção para conseguir ler o mundo e desvendar as leis da natureza. Tudo está escrito na realidade que nos circunda. Encontre as evidências e as interprete para que tudo se esclareça. Essas informações podem estar escancaradas, bem ali na frente, diante dos olhos, mas podem continuar invisíveis e indecifráveis para aqueles incapazes de fazer uma boa leitura da realidade. "Em investigações assim, não se deve perguntar o que ocorreu, mas o que ocorreu que jamais ocorrera antes", ensina Dupin, antes de elucidar um crime com desfecho surpreendente, que só ele foi capaz de descobrir, desbancando toda a polícia de Paris.

O horror no entorno do crime, um duplo assassinato na rua Morgue, tinha paralisado as faculdades dos agentes da polícia francesa. Imperdoável. Foram necessários a frieza e o autocontrole de Dupin, capazes de represar suas emoções para que o raciocínio pudesse fluir livremente e ajudar a resolver o mistério. "Um erro comum é confundir o incomum com o obscuro", ele sentencia. Aquilo que nunca foi visto não deve assustar, porque pode ser o caminho para chegar à resposta. Estar atento às novidades é o rumo certo para a solução do enigma.

Observação, contudo, não basta. É preciso também conhecimento enciclopédico para solucionar os crimes. Como funciona a roldana de uma janela e qual seu exato mecanismo de abrir e fechar? Quais as forças necessárias para que um espinho consiga rasgar a barra de um vestido? As respostas parecem triviais. Todos têm na ponta da língua uma solução simples para elas, mas errada e superficial. A solução profunda e correta exige, para começar, conhecimento de física e mecânica. Como um corpo pode boiar ou afundar e quanto tempo leva para emergir à superfície?

Nas longas e precisas divagações do diálogo que Dupin trava com o narrador da história, em que são abordados temas que vão de química, matemática, filosofia a biologia, ele mostra como a curiosidade produz conhecimento, que ilumina a escuridão como se guiasse a humanidade pela mão no caminho da verdade. Também é necessário humildade para conhecer o comportamento do outro, o criminoso, para saber por que ele sente ódio, inveja, ciúmes, medo. Por que ele ambiciona tanto o poder. Entrando na mente da pessoa culpada, Dupin pode reconstruir suas ações para desmascará-la e vencer o jogo com um xeque-mate.

RACIONALIDADE, CACHIMBO E ORDEM

É possível imaginar Allan Poe consultando os verbetes da Enciclopédia Britannica para escrever as histórias do investigador francês. Um dos símbolos do período das luzes, a enciclopédia foi publicada pela primeira vez no Reino Unido na segunda metade do século XVIII. Ganharia popularidade no século seguinte, assim como Dupin. Por meio da Britannica, os mecanismos da roldana e o tempo de flutuação dos cadáveres no rio se tornaram conhecimentos mais acessíveis.

A busca incansável pela acumulação de conhecimento, para aumentar a capacidade de planejar o futuro, evitar imprevistos, diminuir riscos, e tudo aquilo relacionado à capacidade do *Homo Sapiens* em abstrair, se tornaria a mais nobre utopia de todas. A Britannica seguiria em revisão contínua nos dois séculos seguintes, com o objetivo de colocar no papel – e depois nas nuvens da internet, tarefa coletiva que passou a compartilhar com a Wikipedia – uma síntese do conhecimento humano, contribuindo para preservar a ordem do Universo por meio de palavras e imagens. Da mesma forma, a educação não parou de se expandir e alcançar um número cada vez maior de habitantes do planeta.

Dupin e seus asseclas também continuariam na moda. Pesquisar e buscar respostas para revelar podia, finalmente, oferecer um sentido à vida, amenizar uma angústia que parece não ter cura, existencial, que não vai passar até que o grande mistério da vida seja respondido.

Se essa utopia de acumular conhecimento não arrefeceu, outros olhares, menos condescendentes, não pareciam observar com o mesmo otimismo os caminhos desse empreendimento humano. Eram mais catastrofistas e apocalípticos. Foram muitos os sinais de que as coisas estavam seguindo por rumos tortos e inesperados, mesmo com a espécie mais sabida. Foram duas grandes guerras, que depois levaram ao risco de uma autodestruição atômica durante a Guerra Fria, para citar somente o básico.

Alguma coisa parecia ter tirado dos trilhos a locomotiva do progresso. Depois vieram as grandes alterações climáticas e a devastação ambiental, incapazes de reduzir a miséria; grandes levas de refugiados pelo mundo, concentração de renda, entre outros males que também assolam a humanidade e o planeta. A acumulação do conhecimento cresceu aceleradamente, sem interromper a degeneração da vida. A racionalidade, a lógica e a inteligência não foram suficientes para reduzir os riscos e o pavor de estar vivo.

Esse pessimismo também produziu diversas obras literárias, filmes e seriados. Trataram de futuros pós-apocalípticos, como em *Mad Max* ou em *Matrix*, nos quais a máquina e a tecnologia dominaram seus criadores. O raciocínio e a inteligência, afinal, também se tornariam ameaças cruéis, os maiores vilões da história. Em *O Coração das trevas* ou em *Apocalipse Now*, o encontro entre civilizados e selvagens, colonizadores e colonizados, produziria o que seus protagonistas sintetizaram em poucas palavras: "O horror... O horror". A chegada da civilização, em vez de levar ordem, aumentava o terror.

O mal-estar moderno espalhado por todo o planeta também atingiu o Brasil, que a partir do século XX viveu momentos aparentemente paradoxais. Houve prosperidade e progresso. A população deixou os campos e muitos moradores das pequenas cidades rurais foram viver nas grandes metrópoles, tornando o país um dos mais urbanizados do mundo. Cresceu a educação, a riqueza e o mercado de consumo. Nada disso, porém, contribuiu para reduzir a violência e a concentração de renda, tragédias que também continuaram a aumentar.

Filmes como *Cidade de Deus* revelam essa tensão social brasileira. Para lidar com o desafio, não há nem sinal da racionalidade ou da inteligência de Dupin. No Brasil, a declaração de guerra contra o crime e a violência das autoridades seria usada como instrumento para produzir ordem e obediência, o que acaba desencadeando novos ciclos de violência e aumento de desordem. *Tropa de Elite*, o filme mais popular do cinema brasileiro, vai apresentar o capitão Nascimento como nossa versão cruel e guerreira do gênero policial inaugurado por Edgar Allan Poe.

A modernidade e a racionalidade celebradas pela argúcia de Dupin não conseguiram represar as emoções violentas nem barrar o atraso no mundo. Em um dos momentos mais graves da história, o retrocesso civilizatório se revelou em ataques à ciência, na fragilização das instituições democráticas, no recrudescimento do fanatismo religioso, no descaso com a destruição ambiental, promovidos por brutamontes ignorantes que assumiram o poder em diversos cantos da Terra. Em nossas paisagens tropicais, com o poder na mão de verdadeiros terraplanistas, a capacidade de garantir previsibilidade e ordem no

Universo pela lógica e pelo conhecimento também parecem uma doce e distante ilusão iluminista.

Em vez da vitória de nosso querido e divertido herói com sotaque francês, com seus bons modos, cachimbo e cartola, chegamos ao século XXI menos otimistas, mais céticos, conforme o futuro se transforma em um imenso ponto de interrogação. Talvez a racionalidade e a ciência nos ajude a observar essa condição de forma crítica e aponte caminhos de saída da enrascada autodestrutiva em que nos metemos. Somos capazes de evitar o fim? Talvez a inteligência nos deixe mais aterrorizados, como em um conto de Poe, ao apontar o óbvio, algo elementar: que o único caminho certo para qualquer tipo de vida é a morte.

BRUNO PAES MANSO é jornalista e pesquisador do Núcleo de Estudos da Violência da USP, autor de *A República das Milícias: dos esquadrões da morte à era Bolsonaro*, entre outros livros.

POE: O PAI DA LITERATURA POLICIAL MODERNA?

POR
DAISE LILIAN

A peça grega *Édipo Rei*, de Sófocles, escrita por volta de 427 a.C., costuma ser apontada pelos estudiosos de literatura policial como um dos textos literários mais antigos a investigar um crime, tratar de suas consequências e buscar uma elucidação. Nela, não há detetives nem policiais, apenas figuras da nobreza em busca da resolução de problemas que, em virtude do assassinato do rei anterior, afetavam a *pólis*. *Hamlet* (1609), peça inglesa saída da pena de William Shakespeare, também é com frequência citada a esse respeito, sobretudo porque seu enredo trata da investigação da morte do rei, pai do protagonista, revelada de maneira sobrenatural como um assassinato. O restante da trama é destinado à investigação do crime e à punição do culpado: um exemplar palmar de jogo político, com assassinatos previamente planejados e outros executados por meio de estratégias sutis. Publicado mais de um século depois, o romance *Caleb Williams* (1794), de autoria do inglês William Godwin, é considerado um dos textos fundadores do gênero policial, apesar de o consenso geral atribuir sua criação ao escritor estadunidense Edgar Allan Poe (1809-1849), pois suas obras se tornaram paradigmáticas para o desenvolvimento da literatura policial.

O final do século XVIII foi, na verdade, o período em que proliferaram as narrativas góticas (e textos poéticos, embora em menor escala) marcadas por uma característica principal: um crime, em geral contra uma mulher, perpetrado por um homem. Dessa vertente literária, emergiram textos cuja obsessão com a violência sexual em relação a figuras femininas, amplamente sensacionalizados e associados a elementos sobrenaturais, marcou as últimas décadas daquele século, em ambos os lados do Atlântico, isto é, na Europa e nos Estados Unidos. Os fundadores europeus do gênero foram aceitos no panteão literário, como é o caso de Horace Walpole (fundador do gótico inglês) e Ann Radcliffe (a grande dama dessa estética na Inglaterra), diferentemente dos seus pares americanos da mesma época, a exemplo de Charles B. Brown (o primeiro escritor profissional americano, famoso adepto da estética gótica).

Nos Estados Unidos, as últimas décadas do século XVIII foram marcadas pelo sucesso de romances góticos baseados em crimes reais, que causaram profundo interesse no público norte-americano, notadamente aqueles escritos pelo hoje esquecido Charles B. Brown. Tais obras formam um verdadeiro retrato histórico de um país em processo de autoafirmação enquanto nação recém-saída do domínio inglês; os crimes retratados dizem muito sobre os medos da nova nação, por vezes associada à figura feminina, vítima de atos criminosos imperialistas. Dessa forma, a confluência de fatores sócio-histórico-culturais que incidem sobre a literatura criou a ambiência necessária para o advento da literatura policial enquanto gênero. Exemplos desses fatores foram, dentre outros: o acentuado uso de ópio nos dois lados do Atlântico, o surgimento dos guetos, o uso de crianças no mundo do crime, a figura de mulheres no universo do trabalho externo à esfera doméstica, o fim da escravidão. Somando-se a esses, o surgimento descontrolado das grandes cidades em decorrência da fuga da vida no campo e o aumento da criminalidade — ambos desdobramentos negativos da Revolução Industrial.

Por essa razão, o espaço da literatura policial é sempre uma grande cidade, tais como Paris, nas obras de Poe, e Londres, naquelas de Arthur Conan Doyle e Agatha Christie. É nas grandes metrópoles que se localizam as lutas de classes, raça e gênero em prol da sobrevivência e ascensão social, o que por vezes gera a corrupção das instituições oficiais responsáveis tanto pela prevenção quanto pela repressão à criminalidade. Apesar de não retratar todos esses pontos, as obras de Poe trazem consigo um novo tipo de herói que haveria de se tornar próprio do gênero: o detetive particular. São a sua abnegação, a sua vaidade, a sua inteligência e o seu preparo acima da média que o catapultam à condição de solucionador dos maiores mistérios, os que a polícia não é capaz de desvendar, de sorte que a resolução do conflito reinstaura a ordem, com a punição dos culpados. Implicitamente, o detetive Dupin representa, na obra de Poe, a esperança da sociedade na manutenção da ordem, face ao desgaste das instituições sociais que deveriam protegê-la, embora nem sempre a sociedade representada na obra esteja ciente do seu trabalho.

Poe escreve na primeira metade do século XIX, quando as feridas sociais mencionadas estavam apenas começando a ser produzidas em larga escala no solo estadunidense, de sorte que sua literatura policial ilustra alguns fatores interessantes: a nova estética concentrava-se, basicamente, na classe média, sem muito da sombra do idiossincrático rural próprio do Romantismo europeu — o foco do autor é na cidade e nas suas mazelas sociais, notadamente associadas a figuras femininas vítimas de assassinato ou chantagem. Na verdade, uma característica importante da contística de Poe é a questão dos crimes contra a mulher. Além disso, o autor constrói suas obras reunindo o que havia de melhor do conhecimento científico, filosófico, literário e, por vezes, protopsicanalítico (visto que a psicanálise propriamente viria a surgir apenas no final daquele século). Eis por que sua obra se apresenta como falogocêntrica,[1] isto é, centrada no poder da

---

[1] Termo criado pelo filósofo franco-magrebino Jacques Derrida em resposta ao "Seminário sobre 'A carta roubada'" (Escritos I, 1966), do psicanalista francês Jacques Lacan. [N. de E.]

palavra que emerge do intelectual, de sorte que às mulheres era vedado esse tipo de saber institucionalizado. Seria também tudo isso uma sutil angústia da influência de um escritor oriundo de uma nação recém-independente do imperialismo britânico, tentando produzir literatura americana em nível canônico?

Segundo o pesquisador Salvatore D'Onófrio, o desenvolvimento científico da época constitui um outro fator externo à literatura que influenciou o surgimento do novo gênero, a exemplo da criação de laboratórios de química e física, a invenção do microscópio, o desenvolvimento de teorias voltadas para a caracterologia dos mais diversos tipos de seres humanos:

> o estudo do subconsciente individual e coletivo fizeram com que a investigação científica se tornasse a aventura humana por excelência, a que levava à clarividência, afastando as trevas da ignorância, tida como a causa principal da crença na superstição, na magia e no ocultismo (D'ONÓFRIO, 1999, p. 168).

Por tais razões, pode-se dizer que a literatura policial surge e se firma como um gênero que se destina a exaltar a capacidade inventiva do homem americano e europeu, ao destacar sua superioridade frente a indivíduos de espaços e culturas considerados inferiores.

Apesar de contos no estilo quebra-cabeça terem sido comuns à época do Iluminismo, como *Zadig*, de Voltaire, assim como as histórias de mistério próprias da estética gótica, é consenso entre estudiosos do gênero que Poe é o criador da literatura policial, uma vez que ele reuniu em seus "contos de raciocínio" características encontradas esparsamente em textos ao longo da tradição Ocidental:

> A arte de manter "em suspense" o leitor ou o espectador, quer pelo enigma da realização de um crime, quer pela investigação da identidade do assassino, não foi criada pelo escritor norte-americano, mas é antiga como o mundo. O suspense pode ser rastreado nas narrativas de *As mil e uma noites*, onde a personagem Xerazade conta histórias misteriosas para cativar a curiosidade do rei Xariyar, na tragédia grega (especialmente as histórias que envolvem a figura do rei Édipo), no romance de aventura, quer da Grécia antiga (as narrativas de Heliodoro, de Xenofonte de Éfeso, de Caritão de Afrodísia), quer da literatura moderna: Alexandre Dumas, Eugene Sue, Balzac, Dostoiévski, Kafka (D'ONÓFRIO, 1999, p. 166).

Foi da pena do escritor estadunidense Edgar Allan Poe que emergiu o protótipo do detetive particular brilhante, com o francês Auguste Dupin, cujo amigo de nacionalidade e identidade não reveladas, embora supostamente também norte-americano, cristaliza a figura do assistente, mais tarde utilizada por Arthur Conan Doyle nas aventuras de Sherlock Holmes e seu fiel amigo, Watson, e por Agatha Christie no século XX, com Hercule Poirot e seu fiel "escudeiro", Arthur Hastings. Enquanto o excêntrico detetive desvenda o crime pelo uso de seus profundos conhecimentos científicos (matemática, biologia, lógica, filosofia, etc), cabe ao seu leal companheiro a tarefa de auxiliá-lo na investigação e narrar as aventuras de ambos para a posteridade. Esses exemplos do gênero ressaltam a sutil misoginia que, em geral, os caracteriza.

Com relação ao texto inaugural da literatura policial, "Os assassinatos na rua Morgue" (1841), ele se inicia com uma espécie de prólogo de natureza filosófica acerca da capacidade analítica do ser humano. Inícios assim são recorrentes em outras obras de Poe e permitem ao leitor antever o elevado grau de erudição que o autor carrega consigo. Nesse caso em particular, a discussão serve de preâmbulo para o enfoque que será necessário à resolução do crime (os assassinatos de mãe e filha em um apartamento completamente fechado, sem sinais de arrombamento) e prepara o leitor para o espírito analítico e observador do protagonista, com seu QI acima da média, cujo conhecimento cultural é um dos fatores preponderantes para a resolução dos assassinatos, naquela grande metrópole oitocentista, Paris:

> Poe traz à lume o medo do europeu de ver suas mulheres atacadas por forças escuras, de modo que o crime contra as duas francesas lembra ataques sexuais tão temidos por ambos os sexos (pelas mulhe-

res, em virtude da violência do ato; nos homens, pelo despreparo para lidar com a extrema virilidade e força física que eles associam de modo negativo ao homem negro, como se vê desde *Otelo*, de Shakespeare. Este tipo de crime também mexe com os brios machistas dos europeus, pois revelaria sua incapacidade de proteger suas mulheres em seu próprio território nacional. Este conto faz parte de um tipo de "literatura de invasão" que se tornou comum no final do século XIX, mas que Poe antecipa (DIAS, 2018, p. 11).

É nesse conto que a mentalidade (pós)colonialista de Poe mais se revela, ao imprimir nele uma elevada carga de ambiguidade em relação às raízes europeias dos norte-americanos, uma vez que as retrata ora como negativas, ora como positivas, de sorte que confere ao texto uma perspectiva que oscila entre a colonialista e, como a vemos hoje, pós-colonialista. Destaca-se ainda a suspeição que caracteriza o perfil dos diferentes estrangeiros que aparecem na trama e pelo fato de criar um "assassino" incomum.

Sob influência do gótico, Poe se consagra na ficcionalização de crimes contra mulheres: no conto "A queda da casa de Usher", ele aborda a temática ao sugerir o desejo feminino de vingança contra o patriarcado e o temor que isso causa ao herói; em "O gato preto", o foco está na questão da violência doméstica, contra a mulher, perpetrada pelo poder opressor do marido; no caso de "Os assassinatos na rua Morgue", o autor trata também da invisibilidade de figuras femininas de reputação negativa nas grandes metrópoles (DIAS, 2018).

Da série policial produzida por Poe, "Os assassinatos na rua Morgue" é o único conto gótico, visto que, nos demais, o autor parece ter consciência de que criara um novo gênero, isto é, o policial, de maneira que se dedica a estabelecer seus paradigmas, ainda que neste caso, em particular, eles já estivessem claramente postos.

Na condição de primeiro norte-americano a criar um gênero literário, Poe o faz em um contexto histórico dos mais relevantes: o surgimento do Departamento de Polícia Metropolitana nos Estados Unidos, em 1842. O professor Martin Kayman (2003) sugere que a nova proposta ficcional de Poe tenha servido como uma espécie de propaganda para esse tipo inédito de administração pública da sociedade estadunidense, a qual tinha como base o controle social por meio, inclusive, da vigilância de cidades e cidadãos. Nessa engenharia interpretativa, Kayman afiança que Poe percebe nesse cenário histórico preocupações sobre o crescente poder do Estado, um temor que ecoava desde a Revolução Francesa. Por outro lado, o autor considera que as histórias de detetive poeanas inserem-se no campo da promoção de valores modernos encarnados pela polícia, tais como a moralidade social, a disciplina, a burocracia, a defesa de valores burgueses — a exemplo da propriedade, sinais também de um país recém-liberto do domínio inglês, em fase de desenvolvimento e estabelecimento de instituições que sua nova condição política demandava. Por situar sua série em Paris, ele revela também a necessidade que a França tinha de se proteger de forças subversivas locais e estrangeiras.

Já "O mistério de Marie Rogêt" (1842) é baseado em um crime contemporâneo ocorrido em Nova York, porém transportado para o espaço parisiense pelo autor. Nesse conto, Poe se utiliza de uma característica recorrente na ficção gótica do seu país: a ficcionalização de um crime real, ao retratar o desaparecimento de uma jovem solteira. A polícia, os parentes e conhecidos dão por certo o assassinato de Marie, e Dupin descobre, pelo uso da lógica, que ela morreu vitimada por um namorado misterioso, um "marinheiro de tez escura". Seguindo o padrão de suspeição moral atribuído às vítimas femininas apresentado na obra anterior, o autor imprime contornos sexuais mais fortes a essa jovem, envolta em uma teia de múltiplos relacionamentos fora dos padrões morais de então.

Esse conto também revela a ansiedade colonialista do autor e seus pares sobre indivíduos de raças não brancas, bem como o temor em relação à figura do estrangeiro, especialmente quando é de uma classe social considerada inferior. Marie, em circunstâncias misteriosas, teria sido assassinada pelo namorado — cuja profissão já apareceu no primeiro conto da série como a materialização de um indivíduo "migrante", e, portanto, de fora da ordem social local, e catalizador da ação, isto é, dos assassinatos na rua Morgue.

"O mistério de Marie Rogêt" também tem sua abertura com uma longa exposição intelectual, que revela o elevado nível cultural do narrador, o mesmo de "Os assassinatos na rua Morgue". Por isso, é visto como uma sequência do conto de 1841, que é retomado em diversos de seus trechos, como que para trazer à memória do leitor os fatos que levaram a dupla a permanecer junta em uma nova aventura, um verdadeiro caso de intertextualidade. Aqui se destaca, mais uma vez, a questão do "feminicídio" de uma mulher-objeto, oriunda da classe trabalhadora. Enquanto o primeiro conto policial é construído pela estética gótica, este firma-se exclusivamente na proposta do novo gênero em andamento, a literatura policial.

Poe demonstrou sobejamente nos contos da sua série policial que o foco de Dupin não era fazer justiça ou promover a ordem social, embora isso ressaia, por inferência, das entrelinhas dos textos. Na verdade, solucionar os crimes que a polícia não é capaz de desvendar por seus próprios métodos é um ato de prazer narcísico, ou seja, um meio para demonstrar e pôr em prática seus elevados conhecimentos. Eis por que não se observa em Dupin, nem no narrador, sensibilidade alguma com o desaparecimento da jovem e seu possível assassinato — postura recorrente nesses contos —, uma vez que seu deleite está em contemplar e relatar a genialidade de Dupin.

"A carta roubada" (1845) é o menor conto da série policial de Poe. O foco aqui é o mundo da política. O texto apresenta Dupin reavendo uma carta que havia sido subtraída de uma "personagem do alto escalão real", que se entende ser uma rainha; e a existência do documento provaria sua deslealdade em relação ao próprio marido. Esse feito foi realizado por um ministro que a chantageará, também na Paris do século XIX. Enquanto a temática do amor aparece apenas na história de Marie Rogêt, aqui Poe não se detém nos detalhes, apesar de manter o padrão de mostrar mulheres em condutas morais e sexuais reprováveis. Nesse conto, ele se concentra numa luta de intelectos entre Dupin e o autor do delito mencionado no título, notadamente pelo fato de que o interesse de todas essas obras está em frisar as ações extraordinárias resultantes do acúmulo de saberes dos mais diversos campos de que o protagonista dispõe. Aqui, o microscópio e os óculos são invenções predominantes para a solução do conflito, enquanto na narrativa de 1842 é a ciência forense que se destaca na eliminação das hipóteses e no desvendamento do caso de Marie. Depreende-se, portanto, que essa estética se insere na linha da literatura colonialista de então, voltada para a promoção da cultura eurocêntrica, da qual deriva e comunga a estadunidense.

Segundo Kayman (2003), nesse conto, como nos demais, observa-se que Dupin é uma espécie de repositório de poderes sociais no que diz respeito ao tipo de indivíduo que ele é, um detetive científico, um intelectual — apesar de a palavra "detetive" não figurar no vocabulário do autor. Por essa razão, tem-se a exaltação do heroísmo intelectual, um tipo de trabalhador que seria de renomada importância no século XX, a exemplo de acadêmicos, profissionais especializados, trabalhadores de colarinho branco, ou seja, verdadeiros representantes do poder do intelecto. Era desse tipo de homem que a sociedade norte-americana precisava, ou seja, de um novo tipo de herói, como o próprio homem estadunidense era visto pelos europeus e por si mesmo. Poe não o situa em solo norte-americano, mas na capital francesa, epicentro do mais elevado padrão do espírito humano, conforme se pensava à época — um aspecto de subserviência velada do autor aos padrões, às temáticas e às crenças europeias sobre a Cidade Luz, isto é, Paris.

As três narrativas exaltam o espírito humano, a ponto de assemelharem-se a uma demonstração da elevada capacidade — em todos os aspectos — do homem estadunidense (o autor) e do europeu (seu herói), de sorte que indivíduos e espaços externos a esse eixo são associados à ideia de ameaça. Nessa perspectiva, o autor, como é comum em outros dos seus textos, ora reproduz perspectivas e ideologias imperialistas, ora as questiona, revelando uma conduta recorrente entre escritores norte-americanos do seu tempo: o fascínio pelo Velho Continente e a necessidade de autovalorização enquanto norte-americanos. Por outro lado, é naquele espaço eurocentrista que o autor localiza suas histórias mais violentas. Seria essa uma forma de ocultar os problemas de ordem semelhante que manchavam o solo estadunidense?

O professor Maurice S. Lee (2010) ressalta que as narrativas protagonizadas por Dupin oferecem o modelo gerador da literatura policial para os futuros adeptos dessa estética. Alguns dos padrões lançados por essas obras são: o detetive genial; o fiel escudeiro deslumbrado; o vilão que é um *doppelganger*; o cenário do quarto fechado; crimes extraordinários; o desvendar dramático de pistas e conclusões etc. Somando-se a isso, destacam-se os interesses temáticos do autor que continuam em evidência na literatura policial da atualidade, tais como questões de sexualidade e raça, bem como de ética e controle social, dentre outros.

Embora a solução de mistérios seja um dos fatores comuns nos três contos de Poe reunidos neste livro, uma mensagem predominante pode ser extraída deles e da literatura policial que a eles se seguiu: independente do século e da nação que as produziu, não se deve perturbar a ordem estabelecida; o crime não compensa. Por essa razão, pode-se concluir que a tônica ideológica majoritária do gênero reside, por vezes, na manutenção do *status quo* da sociedade que o produziu.

REFERÊNCIAS

DIAS, Daise Lilian Fonseca. A subversão pós-colonialista do *ethos* europeu em 'Assassinatos na rua do necrotério': a questão de crimes contra a mulher. In: *Anais do XIII CONAGES* (Congresso Nacional de Gênero e Sexualidades). Campina Grande: Realize, 2018.

D'ONÓFRIO, Salvatore. *Teoria do texto 1: prolegômenos e teoria da narrativa*. São Paulo: Ática, 1999.

KAYMAN, Martin A. The Short Story from Poe to Chesterton. In: PRIESTMAN, Martin (Org.). *The Cambridge Companion to Crime Fiction*. Nova York: Cambridge University Press, 2003.

LEE, Maurice S. Edgar Allan Poe. In: RZEPKA, Charles & HORSLEY, Lee (Orgs.). *A Companion to Crime Fiction*. West Sussex: Balckwell Publishing L&D, 2010.

POE, Edgar Allan. *Ficção completa, poesia e ensaios*. Org. e trad. Oscar Mendes e Milton Amado. Rio de Janeiro: Nova Aguilar, 2001.

DAISE LILIAN FONSECA DIAS é professora de literaturas de língua inglesa da Universidade Federal de Campina Grande.

Dados Internacionais de Catalogação na Publicação (CIP)

P743a
Poe, Edgar Allan, 1809 - 1849
Os assassinatos na rua Morgue e outros contos
Edgar Allan Poe ; tradução por Isadora Prospero;
ilustrações por Fernanda Azou. – Rio de Janeiro : Antofágica, 2021.

256 p. : il. ; 14 x 21 cm

Textos extras: Adriana Cecchi, Alberto Mussa,
Daise Lillian e Bruno Paes Manso
Títulos originais: The murders in the rue morgue,
The mistery of Marie Rogêt & The purloined letter

ISBN: 978-65-86490-34-3

1. Literatura norte-americana. 2. Contos.
I. Prospero, Isadora. II. Azou, Fernanda. III. Título.

CDD: 813   CDU: 821.111 (73)

André Queiroz – CRB 4/2242

Todos os direitos desta edição reservados à

Antofágica
prefeitura@antofagica.com.br
facebook.com/antofagica
instagram.com/antofagica
Rio de Janeiro — RJ

1ª edição, finalizada em meio à pandemia de 2021.

AO ENCONTRAR UM LEITOR COM O MESMO LIVRO
NA RUA ENEVOADA, À NOITE, NÃO O INVESTIGUE.

*Nas investigações tais como as que se realizaram,
a Ipsis gráfica teve a honra de colaborar com o ilustre Monsieur
Dupin, respeitando os princípios da lógica e imprimindo os contos
que foram compostos em Injurial, New Diane Script e Cheltenham
sobre papel Pólen 70, em julho de 2021.*